# 閱讀与成長

詹嘉会 著

# 自序：我的阅读是成长的优雅姿态

怎样才能记录自己的成长？怎样才能面对成长的烦恼？怎样才能在优雅的姿态中成长？这是我书写《旅行与成长》的后续思考。三年级以来，我和小伙伴们都感到个子高了、科目增了、作业多了、考试频了，双肩书包换成了拉杆书包。在学习负担越来越重的条件下，我逐渐发现打开成长之门的“钥匙”就是阅读。

开卷有益，不仅是中华先人的教导，也是人类文明的基本共识。莎士比亚说：生活里没有书籍，就好像没有阳光。霍姆林斯基说：让学生变聪明的方法，不是补课，不是增加作业，而是阅读，阅读，再阅读。甚至有研究表明，小学三年级是产生“马太效应”的转折点，会出现学习上“优者更优”

"差者愈差"的现象。
童年最美是读书，
最是书香能致远。
以书为垫脚石，我
们可以看的更透、走的
更远。童真岁月要串起
绵延于身后的世界图景，
需要用阅读去编织、去
照亮、去记录。对我来
说，阅读就是成长，成
长就是阅读。童年如此
美好，没有丑小鸭的艰
难险境，也没有卖火柴
小女孩的悲惨命运……让
我们为成长插上"阅读

的翅膀"，让阅读成为成长的优雅姿态。

当家长们絮絮叨叨中国经济遭遇"成长烦恼"的时候，我们也正为"课堂上发言次数过少""考试成绩不满意""忘记带饭钱""被老师掐脖子""与同学闹别扭"，"小组扣分多排名后""冬天去哪里抓蚂蚁"等所扰……处理好这些问题，幼小的心灵需要一点智慧和一点"魔法"。阅读能够造就"魔法"，激发成长的正能量、超越烦恼，带我们进入人类伟大心灵所建造那个世界。

确切地说，阅读就是消除成长烦恼的一剂良药。小伙伴们可以“阅读”一张班级实践活动的集体照片，感受铺天盖地的感动；可以“阅读”一首经常哼唱的歌曲，捕捉与内心合拍的腔调；可以“阅读”某个童话作品中的“王子”“公主”和“智慧老人”，在这些人物角色的悲欢离合中感悟成长……如果说成长是一幅壮美图画，阅读就是七彩画笔；如果说成长是一场春华秋实，阅读就是阳光雨露；如果说成长是一篇乐章，阅读就是闪亮音符，让我们在阅读中，奏出属于自己的成长乐曲。

童年时光，阅读的姿态变化万千。晨读、领读，自己读、大家读，班会交流、读书沙龙……我诗意地阅读着，以此守望成长、陪伴成长。

记得首都师范大学报告厅《小王子》读书会上大学生和小朋友的思想碰撞、十八里店小学道德教室《爱的教育》读书会上作家和记者的对话、呼伦贝尔辉苏木小学"爱心彩虹门"的即兴发言以及校内校外、线上线下、课桌饭桌等线场合的各种阅读，让我既看到童话的浪漫，也看到现实生活中顽强意志品质的重要意义；既领悟"比一个人的生命更多的生命”“从生命的深处增加生命”的深邃，也领悟“心灵探险”“灵魂壮游”背后的“空热量”。

本书是“成长三部曲”承上启下之篇。书中的文字，是我阅读后的感悟领悟和心得体会。有的已经发表在报刊，有的发表在网络；有的手写，有的机打；有的独立完成，有的在指导下完成，不足之处，敬请读者批评指正。

# 目录
CONTENTS

## 恩感与爱

## 奶奶



## 勇敢与智慧



## 课堂与学习

## 金色童年



## 日記

## 重与轻

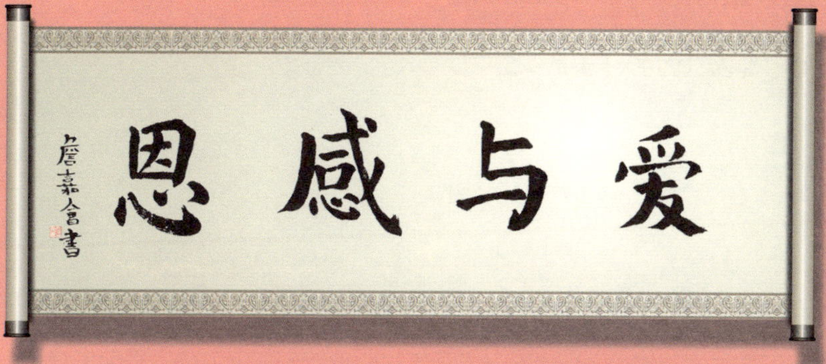
爱与感恩

# 爱和感恩永远没有止境

## ——读《爱的教育》之一

刚刚告别的小雪时节，大雪纷飞。今天，是西方传统的感恩节，我们送走了风雪，迎来了严寒。但是，再大的雪，再冷的天，也无法阻止爱的脚步。

当美国、英国、法国、加拿大这些欧美国家的人们，围坐在餐桌旁、火炉边，彼此表示感谢、感恩生活中的点滴恩惠的时候，我们怀着感恩和爱的心情，静心静气地阅读《爱的教育》。

实际上，爱和感恩，是没有国界、没有止境的。中华文明，自古以来，具有乐于助人、知恩图报的传统。“滴水之恩，涌泉相报”就是生动写照。

# 感恩

习主席说过，爱是教育的灵魂，没有爱就没有教育。确实，爱与感恩是一种美德。爱心，是感恩的集中；感恩，则是集中的爱心。爱，像空气，我们一刻也不能离开。感恩，是“人”字结构的重要支撑。

《爱的教育》记录那些点点滴滴的爱：大到对国家、社会、民族的爱，小到对家人、师长、朋友的爱……这些

LOVE IS

平淡、却感人肺腑的故事，支撑起安利柯的童年，也丰富了我们的世界。

《爱的教育》唤醒爱的意识。爱和感恩，是一种力量，也是一种责任。缺少爱，再多的知识，也只能像星光一样璀璨，却遥不可及。我们经常听到这样的故事和新事：老人跌倒后，没有人去扶；很多问题学生，有的逃学，有的沉溺网络，有的自私、任性。缺乏爱，是其中重要的原因。

《爱的教育》中安利柯因为受到生活上的挫折，而失去勇气。最终是爱，让他燃起对生活的渴望。这本书最大的启示，就在于唤醒沉睡的爱，让爱不再成为“睡美人”，而是成为我们生活的习惯和态度。

《爱的教育》给予爱和感恩以智慧启迪。宇宙万物，千差万别，唯有爱是连接彼此的心灵桥梁。但什么是爱呢？周围的老师、家长和同学，嘴里都说着爱，唱着爱的调子。但在爱孩子、还是爱成绩，爱孩子、还是爱虚荣，爱孩子、还是走过场等问题上，始终是纠结的。

《爱的教育》没有乏味的说教，没有豪言壮语，也没有轰轰烈烈的英雄事迹。它所写的只是，一些平凡而善良的人物：如小石匠、铁匠的儿子、少年鼓手、带病上课的教师，以及他们的平凡的日常生活。

著名教育家夏丏尊为书中的情节，流下感动的泪水。他说：“这是惭愧和感激的眼泪。”他认为书中的爱，接近完美，让我们从中受到启迪，学会怎样去爱。

《爱的教育》警示家长们远离溺爱。爱孩子，家长们可以表达不加掩饰的疼爱，让孩子在情感和物质生活中有获得感。但这种爱，需要束缚。现在，有的家长因忙事业，而很少陪伴孩子，就在物质方面实施补偿；有的因自怜心理，而包办代替，什么事都不让孩子干。

这些无原则、无底线的爱，其本质是放纵和纵容，最终毁灭孩子。在动物界，鸟类训练小鸟学飞行，鸟妈妈硬把小鸟推出窝去；兽爸爸让兽儿子自行觅食，这些磨练是真正的爱，让孩子得以提升、得以成长。这正是《爱的教育》所隐含的道理。

# 爱的限度

## ——读《爱的教育》之二

意大利作家亚米契斯花了近十年时间，写出名著《爱的教育》。全书以小学生安利柯的眼光，记载了四年级的所见、所闻、所感，通过一个个看似渺小、实则不凡的人物形象，讲述了体现老师之爱、父母之爱、儿女之爱、同学之爱的100个故事，反映出小朋友眼中的美与丑、善与恶。

书中一个个爱的故事，开阔了人们视野，使大家能够更加深刻地理解为什么要去爱伙伴、爱老师、爱父母，爱身边的每一个人。在书中，安利柯好朋友卡隆的侠义之举，品学兼优班长代洛西的助人为乐，诺琵斯的傲慢无礼，以及朴实可爱“小石匠”，这些都给大家留下深刻印象。

爱是人类最伟大的情感，是所有高尚品质和美好道德的核心，也是基础教育的重点。冰心奶奶说：“有了爱就有了一切。”陶行知先生说：“爱是一种伟大的力量，没有爱就没有教育。”文学家、语文学家夏丏尊说：“学校教育到了现在，真空虚极了。好像掘地，有人说四方形好，有人又说圆形好，朝三暮四地改个不休，而于池所以为池的要素的水，反无人注意。教育上的水是什么？就是情，就是爱。教育没有了情爱，就成了无水的池，任你四方形也罢，圆形也罢，总逃不了一个空虚。”由此可见爱的教育的重要性。对孩子进行爱的教育，不仅是礼仪之邦的应有之义，也是生存所必需的情感。

爱的教育重于名校，重于分数。报纸上曾经报道，一位老师问学生：“父母每天辛苦地照顾你们，对你们那么关爱，你们该如何回报他们呢？”谁知，学生说：“我不觉得他们辛苦啊，也没发现他们对我有多关心。”还有一些经常报道的事例，学生在公共汽车上见到老人或孕妇都装作没看见，坐着不动；有的学生经常对同学打骂，甚至辱骂老师……一幕幕这样的事件，反映了一个残酷的现状：爱的教育十分缺乏，孩子的情感世界简直是一片盲区！现在的孩子多半是独生子女，他们从小就习惯了接受，认为别人的付出都是应该的，根本没有想过回报，因此，他们对父母、他人、社会、国家缺少爱。正是出于这样的考虑，我在一个学习班演讲“假如我是校长”中说过，爱是教育的根本。

但是，在缺乏爱的教育的背景下，另一个关于爱的极端现象出现了。那就是溺爱。家长无限度、无原则、无底线地爱孩子，最终毁灭孩子。

有的因忙事业而很少陪伴孩子，就在物质方面实施补偿；有的因自怜心理而包办代替，什么事都不让孩子干。这些都不健康，其本质就是放纵和纵容，对孩子的欲求不加分别，只要有能力满足有求必应，没能力也勉强迎合，最终害了孩子。

爱孩子，家长可以表达不加掩饰的疼爱，让孩子在情感和物质生活中有获得感。这种满足，是在心理上给孩子接纳、尊重、认可和理解，而不是替孩子做事情，剥夺孩子为自己负责的权利。这种满足，是一种负责的爱，也是在培养一个负责任的孩子。书中写的牛虻、保尔·柯察金、海燕，都是在疾风暴雨中铸就自己坚毅的翅膀、百折不挠的意志。我们需要的爱，是岳母的“精忠报国”，是毛泽东、斯大林把儿子送上卫国战争的疆场，让生命与祖国山河共存。在动物界，鸟类训练下一代学飞行，鸟妈妈把小鸟推出窝去，兽爸爸让兽儿子自行觅食。正是这些磨练，才能真正让孩子得以提升、得以成长。

# 《小王子》读书会发言

## ——让童年的追寻充满爱

各位老师、同学们：

我发言的题目是，让童年的追寻充满爱。

看完《小王子》这本书，我想到了两个问题。第一个问题是，小王子历经 6 个星球，最终到达地球，他在追寻什么，追求什么、寻找什么？

旅途中，小王子遇见了，国王、酒鬼、商人、点灯人、地理学家等等，发现“权力、物质、虚荣”，这些都不是想要寻找的东西。

也许，大人们会说，“我们已走得太远，以至于我们忘了为什么而出发”。但是，对我们小学生来说，我们好像还没有走多远，就已经迷路了。

"小王子"热映带动阅读热 专家：亲子阅读需"陪伴"

2015年11月03日 15:13 中国新闻网

近年来，北京正力推全民阅读，名家讲座、读书会等活动，丰富着京城百姓的文化生活。近日，《小王子》"阅读与成长"读书活动在京举行。 曾鼐 摄

"小王子"热映带动阅读热 专家议亲子阅读最需"陪伴"

看看身边的校长、老师们，从亮天忙到黑天，但很多精力用来争取荣誉、排名和一些物质的东西。

看看身边的同学，有的上奥数、有的学英语，有的追求课堂发言的次数、有的追求永无止境的考试成绩。各种各样的学习班、辅导班，让孩子们“累得跟狗似的”。

这是家长们、老师们背负着知识的重担，而失去了思考能力的写照。

对我们来说，什么是重要的呢？操场上、田野上的风景吗？爸爸妈妈和老师们希望我们做什么吗？还是上辅导班、学习班？考个好成

绩甚至满分呢？……

狐狸为了和小王子的离别，告诉一个秘密：有很多东西，只有用心才能看得清，眼睛是看不到的。

《小王子》启发我们，用心就是最重要的。只要用心了，就能听到世界的心跳。

第二个问题是，为什么《小王子》能够经久不衰呢？它为我们打开了哪些“窗户”？

我至少看见了两扇“窗户”。一扇是“爱的窗户”。前两年，有句网络热词，叫做“神马都是浮云”，真是“吓死宝宝了”。

什么是永恒的呢？一首诗还是一个朝代？一朵花还是一座山？小王子是短暂的，还是永恒呢？《小王子》告诉我们，每个人都是孤独的星球，只有爱，才是永恒，才能让所有星星都开花。

另一扇是“希望之窗”。因为小王子是希望的象征，所以小王子让一切变得美丽。

“希望之花是开在绝望之中”，“沙漠之所以美丽，是因为某处有一口井”。小王子通过星星找到井水的方向，最终拯救了飞行员，说明只要心存希望，就一定能够发现绿洲。

以上发言，不对的地方，请大家批评指正。

（注：在2015年11月2日首都师范大学报告厅举办的《小王子》读书会的发言）

# 让童年的追寻充满爱

## ——读《小王子》之一

晚秋的北京，最后一缕温暖，落地成霜，一步迈入冬天。窗外，寒意渐浓，但《小王子》里的情节却让我感到暖意融融。

《小王子》是一个世界。这里有星空、有梦想，还有爱、友谊、驯化等诸多相互交织的隐喻。听爸爸说，巴黎先贤祠的巨柱上之所以铭刻着《小王子》作者圣·埃克苏佩里的名字，是因为他带给人类真正的礼物，用这个不老的故事，让小王子住进每个大人的心中。《小王子》既像一座灯塔，又像一座矿藏，给人以滋润心灵、探索信仰的礼物。

《小王子》是一扇窗户。高尔基说“读一本书，就像打开一扇窗户”。童真岁月要串起绵延于身后的世界图景，

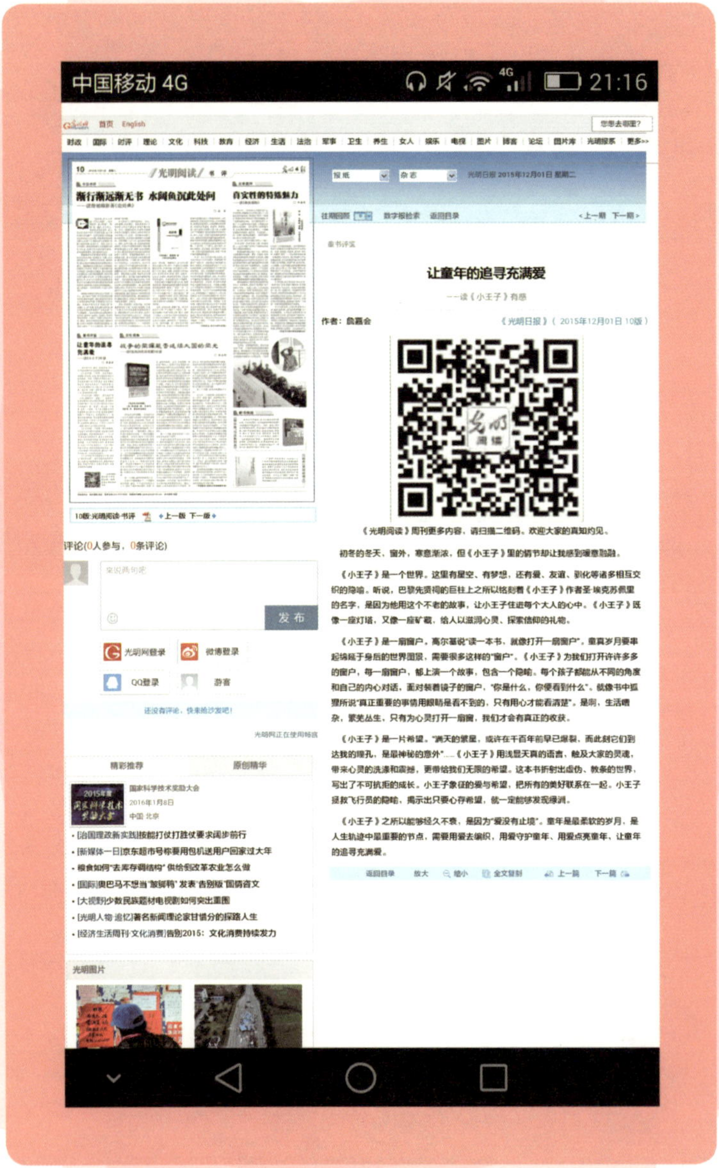

光明日报 2015年12月01日 星期二

# 让童年的追寻充满爱

——读《小王子》有感

作者：詹嘉会　　《光明日报》（2015年12月01日 10版）

《光明阅读》周刊更多内容，请扫描二维码，欢迎大家的真知灼见。

初冬的冬天，窗外，寒意渐浓，但《小王子》里的情节却让我感到暖意融融。

《小王子》是一个世界。这里有星空、有梦想，还有爱、友谊、驯化等诸多相互交织的隐喻。听说，巴黎先贤祠的巨柱上之所以铭刻着《小王子》作者圣·埃克苏佩里的名字，是因为他用这个不老的故事，让小王子住进每个大人的心中。《小王子》既像一座灯塔，又像一座矿藏，给人以滋润心灵、探索信仰的礼物。

《小王子》是一扇窗户，高尔基说"读一本书，就像打开一扇窗户"。童真岁月要串起绵延于身后的世界图景，需要很多这样的"窗户"。《小王子》为我们打开许许多多的窗户，每一扇窗户，都上演一个故事，包含一个隐喻。每个孩子都能从不同的角度和自己的内心对话，面对装着镜子的窗户，"你是什么，你便看到什么"。就像书中狐狸所说"真正重要的事情用眼睛是看不到的，只有用心才能看清楚"。是啊，生活嘈杂，繁芜丛生，只有为心灵打开一扇窗，我们才会有真正的收获。

《小王子》是一片希望。"满天的繁星，或许在千百年前早已爆裂，而此刻它们到达我的瞳孔，是最神秘的意外"……《小王子》用浅显天真的语言，触及大家的灵魂，带来心灵的洗涤和震撼，更带给我们无限的希望。这本书折射出虚伪、教条的世界，写出了不可抗拒的成长。小王子象征的爱与希望，把所有的美好联系在一起。小王子拯救飞行员的隐喻，揭示出只要心存希望，就一定能够发现绿洲。

《小王子》之所以能够经久不衰，是因为"爱没有止境"。童年是最柔软的岁月，是人生轨迹中最重要的节点，需要用爱去编织，用爱守护童年、用爱点亮童年，让童年的追寻充满爱。

需要很多这样的“窗户”。《小王子》为我们打开许许多多的窗户，每一扇窗户，都上演一个故事，包含一个隐喻。每个孩子都能从不同的角度和自己的内心对话，面对装着镜子的窗户，“你是什么，你便看到什么”。就像书中狐狸所说“真正重要的事情用眼睛是看不到的，只有用心才能看清楚”。是啊，生活嘈杂，繁芜丛生，只有为心灵打开一扇窗，我们才会有真正的收获。

《小王子》是一片希望。“满天的繁星，或许在千百年前早已爆裂，而此刻它们到达我的瞳孔，是最神秘的意外”……《小王子》用浅显天真的语言，触及大家的灵魂，带来心灵的洗涤和震撼，更带给我们无限的希望。这本书折射出虚伪、教条的世界，写出了不可抗拒的成长。小王子象征的爱与希望，把所有的美好联系在一起。小王子拯救飞行员的隐喻，揭示出只要心存希望，就一定能够发现绿洲。

《小王子》之所以能够经久不衰，是因为“爱没有止境”。童年是最柔软的岁月、是人生轨迹中最重要的节点，需要用爱去编织，用爱守护童年、用爱点亮童年，让童年的追寻充满爱。

原载《光明日报》2015 年 12 月 1 日

# 每个人心中都住着一个小王子

## ——读《小王子》之二

三年级上学期，我先看了《小王子》书本，后又看了改编的电影。1943《小王子》这本书出版，被译成 42 种文字，被改编成话剧和电影，甚至被许多西方国家选入青少年教科书，经久不衰。法国人自称，就影响力而言，《小王子》在历史上仅次于《圣经》。

这部童话故事，通过小王子旅行宇宙的经历，表达了对人类“童年”消逝的无限感叹。小王子在旅途中到过六个星球，碰到过一个目空一切的国王、一个爱慕虚荣的人、一个消磨光阴的酒鬼、一个唯利是图的商人、一个循规蹈

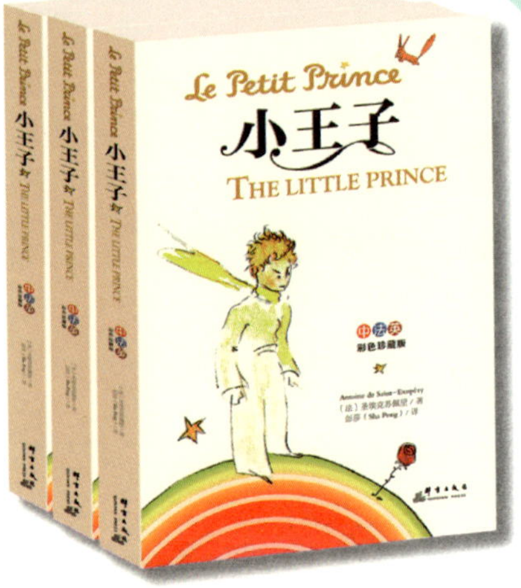


矩的点灯人和一个学究式的地理学家，最后才到达地球。故事主人公以孩子眼光，透视出大人们的空虚、盲目和愚妄，用浅显天真的语言写出了人类的孤独寂寞，表达作者对金钱关系的批判。

电影中，9 岁的小女孩和望女成凤的妈妈相依为命，住在都市丛林里。妈妈希望孩子进入一所好的学校，小女孩拼命努力学习着，但搬迁到新家以后，隔壁一个老人寄来的纸飞机引起了小女孩的兴趣。老人有些古怪，白天总在修理坏掉了的飞机，晚上则使用望远镜眺望着远方的天空。有一天，女孩和老人成了好朋友。老人对女孩讲述了年轻时的故事，讲述了在沙漠中遇到小王子的回忆。“那个男孩，从小小的星球来。并且和一朵玫瑰花是很要好的朋友。”不久后，老人就病倒了。女孩为实现老人的愿望，在夜里坐飞机踏上了去寻找小王子的旅行，途中的感动和冒险成为电影的重点，反映了女孩对梦想的渴望，让小王子重新找回自己的梦想，找回属于他自己的“玫瑰”。

《小王子》所讲述的故事很美丽，特别是书中小王子、电影中小女孩的善良与执着，给我留下深刻印象。

小王子说：“正因为有一朵我们看不见的花儿，星星才显得如此美丽”，“沙漠美丽，因为沙漠的某处隐藏着一口井。”狐狸说：“只有用心灵才能看得清事物的本质；真正重要的东西是肉眼无法看见的。”这些表达，我似懂非懂，朦朦胧胧感觉到大人世界的复杂性。爸爸经常告诉我，很多事物在很多时候表现出来的是表面性，很容易让人忽略了内在的意义；很多事物，因为我们用肉眼无法看到，才显得神秘。其实得到这些又是那么的简单，只需要一颗充满爱的心。

这个故事揭示，在小王子遍历世界的过程中，了解到原来从未知道的世界。但与此同时，小王子却遗失了自己的最美。当发现时，已来不及。每个人都是一样，当我们开始寻找，就已经失去，而人们却没有珍惜当下，没有珍惜寻找中的每一个现在。我们都在寻找“遗失的美好”，而忘记了，会成为美好的“现在”。特别是电影开场时，小女孩正在参加的所谓最好学院的考试。在看电影时，家长们和老师们或许会付之一笑。但在现实生活中，我们却还必须做着跟电影里差不多的事情，而且经常做。家长们还美其名曰，不能让孩子输在起跑线上。正是这样，我们的教育模式一步步扼杀了孩子们最弥足珍贵的想象力和创造力。父母对孩子的爱，不能光体现在成绩、分数上，也不能体现在物质上，更应是心的关怀，用宽容的教育态度关爱孩子的发展，让我们在自己的天地里茁壮成长。正如一个专家所说“向内发展，强大自己内心，而不是向外发展，过度竞争”。

最后，我想说，我们每个人心中都住着一个小王子，用善良和执着给世界带来正能量。

# 爱心彩虹门

## ——记辉苏木爱心活动

爱，是永恒的主题，是世界上最靓丽的彩虹。这次爱心彩虹门之旅，主要目的是，践行附小精神，传递温暖、传递感动、传递希望。

鄂温克族自治旗，位于呼伦贝尔大草原东南部，处于大兴安岭山地，向呼伦贝尔平原过渡的地段。“鄂温克”的意思是，住在山林中的人。

历史的变迁，使鄂温克人从森林走向草原，由狩猎部落变为游牧一族。今天，鄂温克有了很大发展，解决了温饱，但依然还有很多简陋的校舍、失修的民居、贫困的孩子……

在蒙语中，苏木是“乡”的意思。辉苏木，从未听过的地名，地图上显示千里之外。这，或许正是辉苏木学校里，那些孩子们与梦想的距离。

蒙古包，是鄂温克人的居所，最大的特点是构筑简单、易于迁徙。12 岁的布彦，是辉苏木学校 5 年级学生，他和奶奶一起生活。蒙古包里设施陈旧，除了一个做饭的土灶之外，只有零星的几个锅碗瓢盆。布彦告诉我，他有一个梦想——通过努力学习，走出苏木，到鄂温克旗学习。

民族团结、鄂汉通婚，是辉苏木的优良传统。8 岁的李幼兵，有点小害羞，是辉苏木学校二年级学生，现在和我们一样也上三年级了。他的爸爸是汉族、妈妈是鄂温克族。他家的房子，是用土垒起来的。家里除了灶、床、桌以外，就没有其他家具了。同行的一位阿姨说，简直就是“家徒四壁”。 李幼兵尽管没有城市儿童的一些乐趣，但他豁达开朗，乐观大方，对未来充满希望。

也许，我们想不到，草原的广袤，却成了辉苏木孩子们上学的险阻。这里的鄂温克人，居住分散。学校座落在草原深处，大多孩子的家，到学校的距离在 50 公里以上。这样的距离，相当于从人大附小到昌平。上学的路，变得很不容易。

尽管如此，辉苏木孩子们的脸上，总是绽放着纯净的笑容。人们常说，总有一种力量，能够让人泪流满面。我想，这些孩子们身上，就有这样的力量，特别是他们面对困难时的乐观本性与坚忍不拔。他们的笑容，能够融化所有困难。

记得去年庆祝附小 60 周年校庆的谢幕曲——《最好的未来》这样唱，“每个孩子都应该被宠爱，他们是我们的未来”。把辉苏木孩子的天赋，放在最合适的位置，只要给他们一支蜡笔，就能画出梦想的翅膀。

爱心，将我与辉苏木的孩子，联系在一起。我触碰到了最珍贵的东西，那就是他们的梦想。每一个梦想，都值得灌溉，值得守候。不能让贫瘠的土地，枯萎了孩子们的笑容，埋没了孩子们的梦想。

这次活动，是我第一次爱心之旅。感受到了“赠人玫瑰，手留余香”的欣喜，也体验到草原儿童的美好岁月，领悟了艰难地区，孩子们的花样年华。

“爱放在手心跟我来，这是最好的未来，我们用爱筑造完美现在，千万溪流汇聚成大海”……

（注：于 2015 年 7 月开展的献爱心活动）

# 阅读父爱

再过几天，就是父亲节了。尽管我现在对父爱的理解朦朦胧胧、似懂非懂，但我确实很爱爸爸，也很心疼爸爸。

爸爸告诉我关于我很小的时候，甚至还在妈妈肚子里的一些往事。妈妈怀我三个月时，有一段时间反应强烈，

吃什么吐什么，还要天天上班。那时，爸爸为此颇费脑筋，不仅自己下厨做妈妈最爱吃的饭菜，还天天从家里送到妈妈单位。妈妈说，那段时间尽管短暂，但还是受累。后来，爸爸和妈妈单位的领导沟通好了，为妈妈请了产假。从那时起，爸爸每天做饭，每天陪妈妈散步，

为我的顺产奠定了很好的基础。

在妈妈怀我 278 天的时候，虽然没有任何临产迹象，但由于妇儿医院一间产房空出来了，爸爸就决定先住进去，房间号是 1206，跟爸爸的一个车牌号一样。记得我出生前后那几天，爸爸正在出差，不顾一切，每天都过来看我和我妈、照顾我和我妈。

随着我一天天长大，各种事务突然增多，爸爸不仅仅是爸爸，有时候还像个妈妈。爸爸妈妈他们告诉我印象深刻的几件事。一是妈妈因挤奶不干净，得了乳腺炎。爸爸用法律人的严谨来研究乳腺炎的成因和治疗办法，最终治好了，让好多亲朋好友大开眼界。另一个是由于外婆换保姆太勤，爸爸说总数超过 50 多个，爸爸实在没辙了，千方百计从老家家政公司找来保姆，最终总算差强人意地结束了难熬的时光。

外婆告诉我，妈妈有两年请假在家。尽管在家而没有去上班，但妈妈并没有从事家务，而是在爸爸帮助指导下，

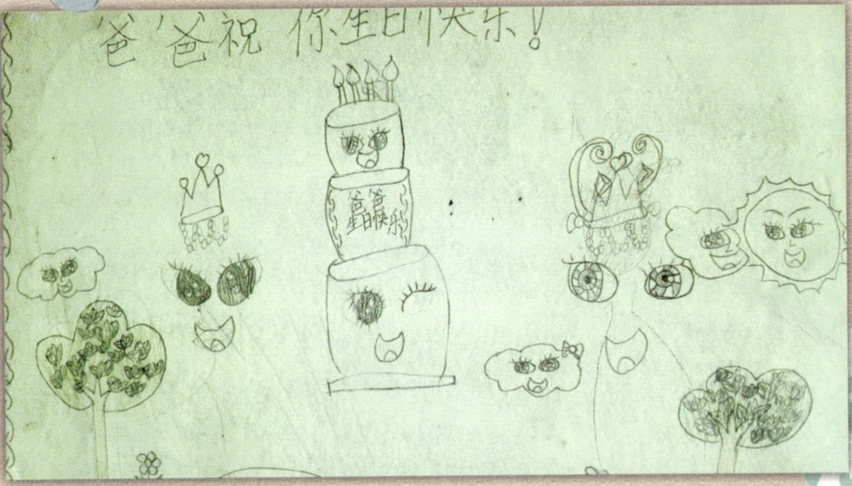

学习研究军事管理理论和军事法制理论。最终，妈妈考上了军事科学院的博士，完成了外公一家的心愿。由于工作原因，妈妈陪我的时间并不多。即使陪我一起，我也是害怕多于开心。因为妈妈给我送“补习班”，各种辅导班。相反，爸爸对我很关注，而且方法也挺好。自记事以来，爸爸带我去了很多城市，用旅行来陪伴我成长。正像我写的《旅行与成长》中说得那样，旅行是一种成长。爸爸看

上去像个粗人，却有一颗很细的心。在学习上，爸爸从不给我任何压力，甚至让我不要考 100 分，让我爱学什么就学什么；在生活上，更是无微不至，无论是吃饭、运动和文艺、锻炼，都花很大精力。我不懂这些理念背后的东西，但听说妈妈不同意爸爸的培养方法。

确实，爸爸是富有爱心富有创意，童心未泯幽默人生的人。客观地说，爸爸的脾气有时不太好。但绝大部分时候，爸爸可亲可爱，尤其对我特别好。相比而言，我怕妈妈，妈妈一凶起来，我就害怕，有一次，还扔掉我的衣服。但我不怕爸爸，我怎么“欺负”爸爸，都没事。爸爸是男子汉，爸爸对我的爱很深沉，就像书上说的“父爱如山”。

我从爸爸的父爱中学到了顽强的毅力、深沉的责任和睿智的方法。书上都说“可怜天下父母心”，爸爸的心尤其“可怜”。

# 奶奶

詹嘉會書

# 我的奶奶

## 一

著名的雁荡山，位于浙江省东南部，风景奇秀，地灵人杰。山脚下的历史古镇白溪，不仅是传说中的道教第三福地，也是有着优良传统的革命老区。顾名思义，白溪之溪，源出雁荡，东流入海，雨则有水，晴则白石磊磊，所以叫白溪。

早在北宋时期，浙闽四驿之一的白溪驿就闻名乡里。南宋、元、明、清各个朝代，均有关于白溪的历史典籍。1937 年全面抗日战争爆发后，中国共产党在这里发展组织，建立根据地，动员各界人民抗击日本侵略军。白溪地区的党员和群众参加警备第三分队第四中队，先后在乐清石马印山、畚斗山、西洙等地与日军作战，截获日军物资，袭击日伪赌窟花会坛。

在抗日战争取得决定性胜利、人民革命力量不断壮大、共产党威望和地位大大提高的历史关头，毛主席提出“已经完成打败日本侵略者、解放全中国的必要思想准备和物质准备”的论断。1944 年，浙东解放区成为全国十九块抗日根据地之一。根据地里有一个村庄叫上詹，詹姓人聚族而居，姓氏前冠以“上”字，表达兴旺向上的意思。革命年代催生了彪炳史册的人民胜利，也催生了奶奶的苦难辉煌。她降生在那个时代的白溪乡上詹村。

二

身处社会动荡的大时代，奶奶一家的生活和大多人一样，充满了辛酸与苦涩。奶奶七岁丧父，一兄一姐也都早逝。连我爸爸都没见过面的太祖父，当时在离家不远的码头卖鱼谋生。由于太祖父去世过早，奶奶留下的记忆已经模糊不清。失去了太祖父的奶奶一家，太祖母尽管身体虚弱，但仍努力维持家计。都说“靠山吃山”，打柴是当地老百

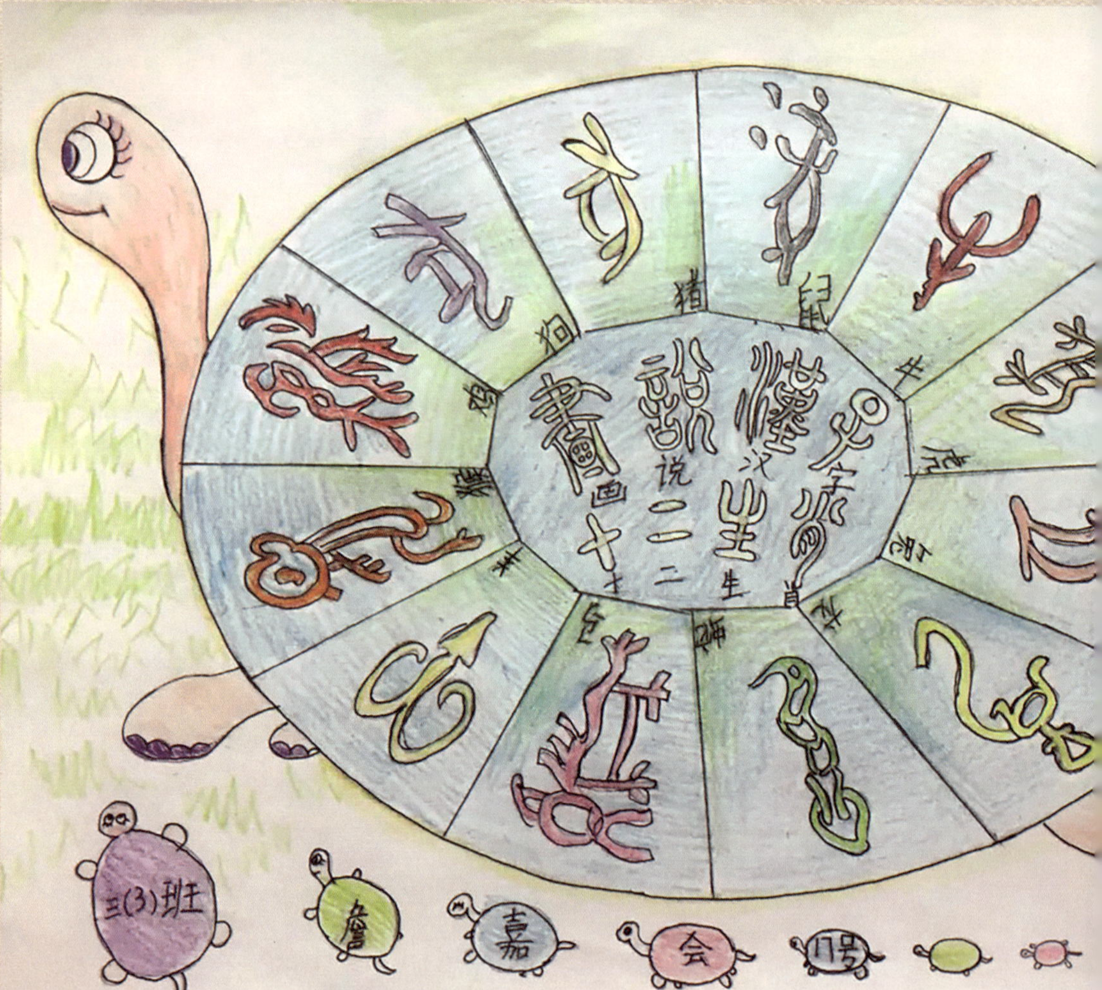
猪
鼠
牛
狗
羊
汉
说
十二生肖
三(3)班
詹
嘉
会
11号

姓“吃山”的具体表现，是增加收入的重要一项。柴，既能用来烧饭，也能卖钱。新中国成立后刚刚建立起来的乡政府，发文件规定每年“开山”砍柴的时间段。在那段时间，家家户户的劳动力都上山砍柴。奶奶的哥哥在一次挑柴回家的路上，长时间承受过重的“柴担子”，在逆风中挑了十里地导致多条肋骨压断。更可怜的是，由于无知和贫穷，奶奶的哥哥没有及时就医而早逝。奶奶的姐姐出嫁在千米之外的村庄，在生下三子一女后，生产第五个孩子时遭遇大出血而离开人世。

苦难压不垮奶奶的脊梁，坚如磐石的信念使奶奶在苦难中涅槃，把苦难变为人生的动力。亲人接二连三的离开，奶奶和太祖母承受着巨大悲痛，两人相依为命。那时，连火柴都买不起，奶奶每天凌晨在公鸡头鸣的时候，就去隔壁点火烧饭。7岁的肩膀太稚嫩，扛不起生活的重担，奶奶选择了上学以积蓄力量。在那个年代，上学是一件奢侈的事情。即便如此，太祖母还是让奶奶上了两年学。不经意的这一决定，为奶奶今后的奋斗打下了文化基础。两年的小学学习，奶奶学会了基本的识字、计算。

“靠海吃海”是当地的又一传统。10 岁那年，奶奶背着竹子编制的“捂箩”，跟着大人们到千米之外的东海之滨“下海”。“捂箩”是当地人们“下海”的帮手，底部很大、上方瓶颈处很小、顶端大，能够“捂”着海鲜的“箩”。一开始，奶奶在海边捡到的“蛏子”“螃蟹”“蛤蜊”等，能卖 1 角多。由于那时没有手表，有一次，奶奶和同村一班人半夜就去海里捉蟹，捉完后带着螃蟹步行几十里去“大荆南阁”卖蟹，走到半路被吓得够呛，一帮人都躲进了“稻桶”。后来再也不敢半夜去下海了。“下海”持家的三年多时间，奶奶用自己的劳动养活自己，照顾着虚弱的太祖母，自强不息的奋斗和艰难生活中的曙光，让奶奶收获了自信，更看到了希望。

1950 年代中后期，随着农业合作化集体化号角的吹响，奶奶家乡步入“公社化”时代。奶奶告诉我，“公社化”前几年那个时期最艰难，村子里和邻近地方饿死

过人。14 岁那年，奶奶加入村子里的“副业队”，主要从事“下海”“做砖”“做饭”等工作。奶奶告诉我，有几件事记忆犹新。“下海”时期有一次，奶奶按照大家的平均数，把海鲜交公后，剩余的海鲜卖了 1 角多钱，被人告发。在“大锅饭”年代，这是一件可大可小的事儿。奶奶找大队书记解释说“大家伙出工不出力，在海边只顾玩耍，很少下海抓螃蟹；而自己从不怠工，争分夺秒下海抓海鲜。在交够平均数后，剩余的海鲜卖了 1 角多钱，回家给妈妈看病买药”。大队书记了解奶奶家的情况，就没有再追究。后来，奶奶学会保护自己了，无论在“做砖”，还是在“做饭”，都和大家伙一样，顶多也就偷懒，再也不私自卖东西了。一想起这些事，奶奶的嘴巴合不拢，说那是很有意思的 4 年光阴。

## 三

农村的朴素与生俱来。“女大当嫁”“结婚为了传宗接代”这些传统，奶奶也无法摆脱。17 岁那年，奶奶经人介绍，见到来自几里之外邻乡的爷爷，没过多久就结了婚。奶奶说，怀孕大伯以后，一直下海捉蟹到生产。由于营养不够，劳累过度，没有奶水喂养。新家庭的添丁，给奶奶一家带来希望。当时，奶奶和爷爷务农种田，轻轻松松就能维持四口一家。过了三年，生下了姑姑。随后就发生了“文化大革命”。在政治神经最末梢的东南沿海农村，奶奶对“文化大革命”带来冲击的感受，并没有特别记忆。游街、批斗，村子里也都有，但没有那么激烈，受批斗的有两三个人，也没有出现打死人的情况。村民们的生活，还是“日出而作，日落而息”，该干活的干活，该生孩子的生孩子。“文革”期间，奶奶生下了二伯、三伯、四伯。生这么多孩子，一是怕夭折，二是受当时“光荣母亲”精神的鼓舞，三是计划生育的概念还不是太清晰。奶奶说，生四伯前，村子里一个姐妹和奶奶的情况一样，也已经有四个孩子，拉着奶奶要去结扎。奶奶害怕手术，就没有去。这才有了后来的四伯和爸爸。

九口之家的大家庭，给奶奶和爷爷带来前所未有的压力，经济上要养活六个孩子，还要付出大量精力培养。但是，种田务农的收入太少，每年青黄不接时期，总有那么几天要饿肚子。孩子们也都早早当家：大伯跟着大人下地干活，姑姑经常抱爸爸，二伯带着三伯、四伯干农活。奶奶说，那时候爸爸很小，奶奶挑着担子出去干活，有时候背着爸爸，有时候把爸爸放在前面的“箩”里，后面则压着一块和爸爸重量差不多的石头。四伯出生后，奶奶忙于农活，没有时间喂养，就托村子里外出的人，从温州平阳、瑞安等地带回炼乳和奶粉用于喂养。那时候，只有有钱人的家里才供得起这些奶制品。奶奶告诉我，喝炼乳最多的是爸爸，几乎从小喝到三岁多，小时候被养得白白胖胖。六个孩子的成长，少不了“头痛冷热”之类的事，需要奶奶付出大量精力。在当时的条件下，依靠种田养活六个孩子，是一件不可思议的事。就这样，这一家走上了艰难岁月。

叶子在风雨中飘摇，却依然坚守在枝头，因为它坚信能换来金色的秋天。奶奶为自己的理想而执著奋斗，焕发出人性的光芒。解决九口之家的口粮，是第一位任务。由于劳动力不够、没钱买化肥等原因，除虫、施肥等环节比人家要晚得多，田里水稻的产量比同村的要低很多。当时，村子里有好多人建议奶奶，让大的孩子去干农活，以减轻大人的压力。村子里有好多类似的家庭，大多数孩子都去干了农活。因为上学，既费钱，又劳神。当时如果家里有孩子上学，整个家庭的经济状况就会被拖垮。如果没有坚定的信念和远大理想，在那样的环境下坚持上学，是难以想象的事。奶奶说，上学是孩子们有出息的唯一道路，自

己没文化，一辈子当农民，一定要让孩子们有希望。奶奶坚持让每一个孩子都有学上，一直到孩子们自己不上为止。从大伯到爸爸，六个孩子一个都没有落下，一直上到高中。

四

母爱是伟大的。奶奶的母爱尤其伟大。上个世纪 80 年代初，大伯在位于丽水的浙江林学院上中专时生病了，奶奶很担心，卖了一头家猪，带着钱就前往丽水。这是奶奶第一次出远门。奶奶说，为了既不磨损鞋子，又不丢脸面，从村子里到乐清长途车站的 40 公里路上，有村庄有人的时候就穿上鞋子，没人时候就脱下鞋子光脚走。一路跋涉到林学院大门口时天还没有完全亮，奶奶说正发愁怎么找大伯时，眼前有个人影就像大伯，大声喊叫了一声，果然就是大伯。奶奶说起这事，依然激动。三伯小时候，大腿背面长了疮，由于久治不愈，奶奶经常夜里干完活后，去一个离家三里地的传说能治好疑难杂症的“毛垟婆”家里，一边帮做她家的家务，一边请她“显灵”医治。有一次，“毛垟婆”送奶奶回家到半路，白溪边上有人偷沙子发出的“沙、沙”声音，让奶奶她们吓得够呛，走近才发现是偷沙子。

这样的事情，不计其数。

面对困难，并能够克服困难、超越困难，在困难中崛起，是奶奶的坚实写照。1987 年，奶奶通过几年的勤劳和智慧，使家庭更加殷实。爸爸告诉我，小时候外面下大雨，家里下小雨，屋子里经常被淹，经常出现一片汪洋的情况。那时候，拥挤的房子里，有九口人与五六头猪，四个孩子睡一张床。为了让孩子们住上新房子，奶奶决定在老房子后面盖建新房。在农村，盖房子是头等大事。跑审批、请工匠、搞预算、买材料，这些事情非常繁琐，但件件都很重要。那时，大伯、姑姑已经在外工作。其他几个伯伯也都在外地上学。奶奶一人操办盖新房子全部的事。爸爸回忆说，有一次放学回家，看见乡政府一帮人带着大锤子说要拆掉新房子的墙基。奶奶解释说，自己一家九口，现有的房子已经住不下了，而且盖新房子有乡里头审批的文件，我们是按照批件盖的。但乡政府的工作人员还是如凶神恶煞般地威胁。爸爸说，这一情节至今记忆犹新，实际上乡政府工作人员的刁难是为了捞取好处。养家糊口、盖建新房、培养孩子，这些看起来不太可能的事情，奶奶用顽强的意志和毅力全部实现。

智慧是奶奶的又一特点。几十年来，奶奶从事过的事情很多很多。从最初的纺织到后来的“卖面”，从卖米到卖糠，其中的艰辛，让我深受震撼。奶奶说，纺织是为了利用哺乳期的时间，一边带姑姑，一边纺织棉花和布。后来孩子们多了，纯粹种地已经难以维持九口人的口粮。在干完农活之余，必须要干点别的事，否则就会挨饿。奶奶听说“卖面”有个先卖后给钱的时间差，可以让一家人有饭吃，一干就是二十来年。每天一大早去“面厂”，要挑四至五担面到方圆十里的邻村卖，每一担面卖完后，能赚 3 角钱，平均每天挑担子的时间达 12 小时以上。那不仅仅是一副沉甸甸的“面”担子，更是一家人的希望之担。爸爸回忆说，奶奶“卖面”期间，每天早上都能吃到热腾腾的“面饼”，平时更能吃到别人家很少吃到的“汤面”。随着改革开放的深入，农村里的稻米贸易逐渐活跃起来，卖米的利润比卖面更好。奶奶就开始转行卖米。先到各村收购稻谷，然后把稻谷碾成米，米的价钱和稻谷的价钱大致相等，这样就赚了糠的钱。卖米的三年多时间，奶奶起早摸黑，平均每天在碾米的地方五六个小时，经常碾米到深夜。

时间不停流逝，社会不断发展，孩子们逐渐长大，一切都在变化，但唯一不变的是奶奶的艰辛奋斗。奶奶第一次与温州地区以外的人做贸易就是卖糠，到方圆十里的各村碾米厂，收购米糠，以每斤高于收购价格 1 角左右，卖给台州黄岩的商人。由于数量大，劳动强度相对较低，奶奶觉得卖糠的生意更加轻松，一干也是三年多。奶奶说，孩子们小的时候，最大的压力和负担，就是解决吃饭问题。但孩子们长大以后，就不再是吃饭的问题了，还有就业、娶媳妇这些大问题。上个世纪90年代初，各项改革不断深入，白溪乡政府改为雁荡镇政府，镇上的人们对生活更加讲究。温州熟食成为当时老百姓餐桌上的必备品。为了满足孩子们越来越多的需求，奶奶转行卖熟食，食品的品种有二十来种。每天凌晨三点左右起来加工，用特制的卤水卤制各种香喷喷的美味食品，一整天的叫卖、备货，一直忙到夜里九点以后。日复一日，年复一年，奶奶无论从事哪种生计，共同的特点就是高强度的劳动。爸爸说，几十年来，奶奶从未间断的劳动，其强度之大，以及奶奶吃过的苦、经历过的艰辛，超出了包括同年代人在内的大多数人的想象。

## 五

如果说强烈的责任使命感，是奶奶持之不懈艰辛劳动的内在动力；那么，精神上的佛教支撑，就是奶奶从不抱怨、从不叫苦的人生修养。几十年来，奶奶立足佛教的慈悲、向善、积极精神，以“我不入地狱，谁入地狱”的气概，挺过了多少艰难考验。从孩子们的头痛冷热、就医升学、出门劳作，到邻居家的失火、村子里平安，没有一件不和佛教以及具有“跳神”“附体”本领的老人联系在一起。爸爸说，奶奶去过的寺庙、做过的佛事、念过的经文，简直数不清、道不明。直到今天，奶奶依旧保持慈悲情怀，关心帮助村子里那些困难户、五保户，逢年过节送衣送肉送钱给他们。几十年如一日，虔诚地感恩菩萨、烧香拜佛，乐施好助，扶贫帮困，到后来的捐助、建庙等，反映了奶奶心里的菩萨和菩萨心肠。

几十年来，奶奶历经无数艰辛，克服无数困难，也受到无数抱怨，但奶奶心里的责任感、使命感从来没有中断。奶奶从来都是把孩子们和他人的事情放在第一位，从来不顾自己的艰辛劳作，从来没有一丝享乐的念头，从来没有放弃对幸福生活的追求。几十年来，奶奶以身作则，以上率下，潜移默化地教导孩子，为子孙后代的修身、齐家和追求等正能量的生成，作出了不可磨灭的贡献！

这就是我心中的奶奶。奶奶，我永远爱你！

# 勇敢与智慧

詹嘉會書

# 灰姑娘的善良和智慧

动画电影《灰姑娘》再度上映的时候，又一次唤醒了观众的“少女心”和敏感的善良之情，掀起了全民观影热潮。首映当天，我和爸爸在金源影院看得如梦如幻、满头是汗。

确实，《灰姑娘》在经典中融入了新元素，给观众带来惊喜。影片中，邪恶的继母与两个又坏又丑的姐姐、神仙教母、英俊王子等角色悉数登场，南瓜马车、华美礼裙、水晶鞋等经典元素惊艳亮相，盛大的格局、精妙绝伦的服装道具与浪漫的氛围恢弘呈现，优雅绚丽的皇室舞会将剧情推到高潮。

影片中，“灰姑娘”的善良和智慧贯穿整个剧情，也成就了她的奇迹人生。比如，当父亲准备出差，问几个女儿分别要什么礼物，两个继女分别表示要遮阳伞和蕾丝，而灰姑娘要的是“第一根掠过你肩头的树枝”，善良之情溢于言表，让我至今感动不已；父亲的突然逝去，使千娇百媚的灰姑娘变为吃苦耐劳的乖乖女，无论继母和两个姐姐如何漠视、鄙视，甚至虐待她，她都能笑而应对，灰姑娘还主动把最好的房间让给两个贪婪的姐姐；在王宫舞会上，老国王都希望自己的儿子娶大国公主为妻，当灰姑娘有机会面对老国王时，告诉他说：“你儿子是我见过最善良勇

敢的人。还有，他深深地爱您”，深刻地唤起老国王的平凡父爱。这些情节，经常让我想起。

影片中，灰姑娘美貌善良，非常勤奋。她从小没有了妈妈，一直生活在继母的压迫下，整天干累活，吃不好穿不暖，还备受欺负。年轻的灰姑娘在一次偶然的机会遇见了王子，在后来王宫舞会上，两个姐姐穿着华丽衣服去参加，灰姑娘被禁在家里。就在这时神仙教母出现了，把灰姑娘扮成公主参加舞会。当她华丽优雅地出现在舞会上，恢宏的城堡里所有的人们顿时鸦雀无声，目不转睛地盯着灰姑娘，王子在茫茫人海中一眼就看到她的存在，两人携手步入舞池翩翩起舞，一曲又一曲。遗憾的是，12 点前魔法会消失，灰姑娘匆忙跑出皇宫，丢下了一只水晶鞋，王子到各地寻找鞋的主人。经过了一番波折后，才发现那只鞋子的主人就是灰姑娘，最终灰姑娘和王子回去皇宫，过上幸福的生活。这个故事告诉我们，善良的人最终是会幸福的，而心地丑陋的人最终是没有好结果的，同时通过后母及两个姐姐的丑陋行为和心理描写，反衬出了灰姑娘的善良和美丽，使灰姑娘的形象更加的鲜明突出。我非常喜欢这个故事，不仅仅是因为喜欢灰姑娘的美丽的外貌，更多的是因为喜欢灰姑娘的善良智慧。

同样值得一提的是，善良智慧不仅是做人的法则，也深谙着治国之道。王子为了找到灰姑娘，特意打开城门，允许所有老百姓参加舞会，这是众里寻她千百度，这是一万个人中只盼一个人的回眸，继母和她的两个女儿争先恐后地打扮着庸俗的肉身，却只成为舞会上的一个笑料，更成为了灰姑娘惊艳现身时的终极陪衬。

一点小小的魔法成就了经典的《灰姑娘》。爸爸说，人生就需要这样一点小魔法。

# 列那狐的两面性

《列那狐的故事》是法国著名童话，也是世界古典文学作品的瑰宝。作者吉罗夫人生活于 12–13 世纪的法国西北部农村，她受《伊索寓言》的影响，根据当时流传于法国民间寓言故事，编写了这部童话集。

作者用拟人的手法，以幽默与讽刺的文风，折射当时法国封建社会中的世态人情、阶级矛盾及其背后的人性，讽刺了无能专横的统治者，歌颂了小资产阶级的冒险精神与智慧。通过寓意复杂的狐狸列那与其他动物交往的过程，生动、逼真地描绘了动物世界中的种种情景，反映了当时的社会面貌。通过对民间文化的切入，刻画出狐狸的狡猾、

LE ROMAN
DE RENART
（彩图拼音版）
LEADERS · CLASSICAL COLLECTION OF LITERATURE FOR PUPILS' NEW COURSE STANDARD
列那狐的故事
领跑者 · 小学生新课标经典文库
[法] 吉罗夫人 / 著 总策划 / 李 智 主 编 / 杨 晶
语文新课标分级阅读
领跑者
适合小学一二年级学生阅读
北方文艺出版社
领跑者 · 小学生新课标经典文库
列那狐的故事
（彩图拼音版）
北方文艺出版社

机智和贪婪的形象，表现了资产阶级上升期人们对资本主义必胜的乐观心态。

聪明、机智是列那的最大优点。有一次，它故意躺在鱼贩子必经之路上装死，让鱼贩子认为自己死了，借此混进鱼贩子的车上。上车后，列那将那些鱼肉穿成项链，一条又一条地挂在脖子上，在它准备跳下车时，还不忘饱餐一顿。

还有一次，列那被一位打猎的王爷抓住了，它跑进了装有九张狐狸皮的屋子，扮成被王爷扒下的狐狸皮，蒙骗了王爷。第二天，第三天都一样。但到了第四天，老朋友去王爷家作客，说："你有十张狐狸皮了！"王爷回答说："你数错了，是九张。"王爷拿着狐狸皮，一张一张地数给朋友看，却真多了一张。原来，多的那张是列那装的，他是活的。最后，列那巧妙地逃脱了追捕，就这样一连三天戏弄了王爷。

狡诈、欺压是列那的另一面。它贪得无厌，用各种各样的方式来获取食物，使得森林里许多亲戚朋友遭到它的残害。比如，它骗狮王，说它有许多财宝，狮王就派使者兔子兰姆和公羊倍令去列那家取财宝，后来列那却杀掉了

兰姆，还把兰姆的头装进袋子里，对倍令说："这里装的是财宝。"让不知情的倍令用兰姆的头侮辱狮王。故事中，列那还用花言巧语骗走了乌鸦田斯令的奶酪、吃掉了小鸟埃尔蒙特和麻雀特路恩的孩子、用开水把雄狼叶森格伦烫得血肉模糊、利用农夫对狗熊的仇恨而杀死狗熊，等等。

有一幕，列那为了捉弄狼，骗他在尾巴上拴着木桶，从冰面的洞口伸入水中钓鱼，结果尾巴被冻在冰中，他还以为鱼越钓越多呢！后来被村民追打，变成了一只秃尾巴狼。还有一幕，特路恩给列那一大堆樱桃做午餐，而列那却吃掉了他的大儿子和小儿子，还吃掉了小母鸡科伯、鹭鸶秉莎。列那就是把捉弄其他动物当做一种游戏，想怎么玩就怎么玩，一点儿也不考虑其他动物。

《列那狐的故事》具有鲜明的反封建、反教会倾向，对上层市民的丑行有一定的揭露意义。这部故事的艺术风格明快、朴实、诙谐、风趣，显示了新兴市民的艺术创造力。

故事中，列那狐表面忠厚，另一面却贪婪无比。就像硬币一样，其两面截然不同。如果只看到列那的任何一面，那只是一副平面图景；如果同时察觉到它的两面，就是一副精美的立体图景。通过阅读这部童话集，我懂得了：看待任何人、任何事物，都不能只看一面，而要全面地观察和分析。任何情况下，都不能被一面所蒙蔽，而忽略了另一面。

# 帕丁顿熊的心路历程

7岁那年的女孩节，爸爸带我看了一场记忆犹新的电影——《帕丁顿熊》。这是一个触动人心、温馨感人、充满正能量的故事。据报道，当年英国皇室剑桥公爵威廉王子出席在上海电影博物馆举行的首映式，足以说明这部电影的广泛影响。

50年前，英国儿童文学作家邦德在伦敦帕丁顿车站附近的一家店内看到货架上最后一只玩具熊，这只小熊激发了邦德的灵感，他用10天时间创作了一本故事书《一只叫帕丁顿的熊》，以车站名字为小熊命名。故事书出版后，邦德创作了一系列帕丁顿熊的故事，并被翻译成30种文字在世界各地出版，总销量达 3000 多万本。据说，邦德曾看过很多纪录片，描述战争时期离开伦敦的孩子，他们在车站时脖子上挂着牌子，随身物品放在小行李箱中。受这些纪录片启发，他将同样的形象用在了帕丁顿熊身上。现在，帕丁顿熊已成为英国最为家喻户晓的动画形象之一，它的人生遭遇让很多都市中的异乡人产生共鸣，分外亲切。威廉王子说："英国千家万户都可以找到这只带着红帽子小熊的身影，帕丁顿熊的故事讲述了一个外来者在一个陌生国度探索的经历。"

影片讲述的故事是，遥远的秘鲁丛林，一场地震摧毁了帕丁顿熊的家园，夺走了他的叔叔。帕丁顿熊的婶婶因年老要进养老院，举目无亲的帕丁顿熊只能只身偷渡伦敦，寻找红帽子的主人——一个曾经邀请它来伦敦的探险家。这只穿着牛角大衣拎着小旅行箱的秘鲁小熊热情有礼貌，见到谁都要抬起他的红色宽檐帽问好。但并没有人在意他，他淹没在川流不息的人群中。有些失落的他坐在箱子上，背后的失物招领处亮起了“LOST”的灯牌。帕丁顿熊发现，伦敦已经不再是从前的伦敦，人们不再驻足街头谈论天气，不再戴着礼帽，不再见到陌生人都报以微笑。经过千辛万难，帕丁顿熊用它的聪明和勇敢，以及内心的善良和对美好的执着，终于在陌生的国度找到了家。就像帕丁顿熊最后写的那样：“我与众不同，但在伦敦我并不担心，因为这里没有人是一样的，也就是说，每个人都能找到属于自己的一片天地。”

影片中，英伦特色无所不在：无论是小熊绅士般的言行举止、小红帽加达菲外套的经典造型，还是橘子酱与三明治的传统美食、失物招领与署名胸牌的集体记忆；无论

PLEASE LOOK
AFTER THIS
BEAR.

Place
Your
Text
Here..

是蓝色钢索的塔桥、巨大沉默的伦敦眼，还是泰晤士河两岸辉煌的不灭灯火、黑色甲壳虫一样的出租车、呆呆傻傻的成群的鸽子，以及那连绵恼人的雨，这些都反映了英国国民及其文化。帕丁顿熊的每个造型都反映出英国人独有的性格与姿态：脱帽行礼展现了标志性的英人风度，穿戴警帽则传达出英国警察的飒爽英姿，还有他在地铁电梯上抱着小狗金鸡独立的模样，则透露出英国绅士们近乎单纯的幽默感。

《帕丁顿熊》至少教会我两个道理：一是要勇敢。面对一个完全陌生的世界，秘鲁小熊总是闯祸，总是陷入困境，还要面对一个势要将他做成标本的女博物馆长的穷追不舍，没有勇敢，小熊不但走不出困境，而且会因此丧命。有几个画面让我印象深刻，小熊拿起攀登器奋力向上爬，以逃脱女馆长的恶毒追杀。当小熊快要爬到房檐的时候，攀登器没电了，他只好用爪子往上爬，就在小熊要往下掉的时候，布朗一家伸出了希望之手。小熊的勇敢以及内心的善良和对美好的执着，最终使他在陌生的国度找到了家。我们要坚信，任何时候，保持勇敢和善良，总能寻求到美好。二是要智慧。小熊的伦敦之旅，充满了惊险。还没下船时就遇到的一个告密者、在人潮拥挤的帕丁顿车站没有一人驻足，以及后来遇到的邪恶邻居、冷冰冰的资料管理员、难以沟通的受访者，以及恶毒的探险家之女。每一次惊险，没有智慧都难以化解。当女馆长变成“大象”入侵时，小熊躲到一个找不到的地方——冰箱里，安静地待在冰箱里，一直到“大象”离开。这一画面深深地留在我的脑海。布朗一家对小熊的态度，从一开始的抵触、好奇、怜悯，到最后的认可、接纳、难舍，其实也是小熊通过智慧来完成情感的升华。小熊的智慧，不仅完成了冒险之旅，还使他从一开始的乡愁成功融入伦敦。这一心路历程极其宝贵，值得细细体会。

课堂与学习
詹嘉會書

# “宝葫芦”过时了吗？

三年级“阅读大本营”作业中，有几页是关于《宝葫芦的秘密》这本书。按照老师要求，我先看了几遍书，又看了电影，细细品味，感觉故事很有趣。

主人公王葆从小就听奶奶讲宝葫芦的故事，长大后有一天，他梦到钓上一个宝葫芦，宝葫芦神通广大，帮王葆剪指甲、做作业、做模型……，而王葆可以不用做任何事情，就过上“要什么来什么，想什么有什么”的病态生活。故事中，王葆在象棋比赛时想赢对方，悄悄地对宝葫芦说“吃车”“吃象”，宝葫芦就真的把棋子放进嘴里；数学考试时想考个好成绩，王葆让宝葫芦帮忙，宝葫芦就调换邻桌同学的试卷；

逛书店时看到一本喜欢的书，宝葫芦就偷书藏到王葆的怀里……最终，王葆把宝葫芦扔掉、砸掉、烧掉，再也不想要它。

这些情节将丰富的想象和离奇的事态，表现得很有感染力。通过对王葆心理的细腻描述和生动、简练的语言，表达是非美丑，描写拟人化的宝葫芦、金鱼、螺狮等，栩栩如生。

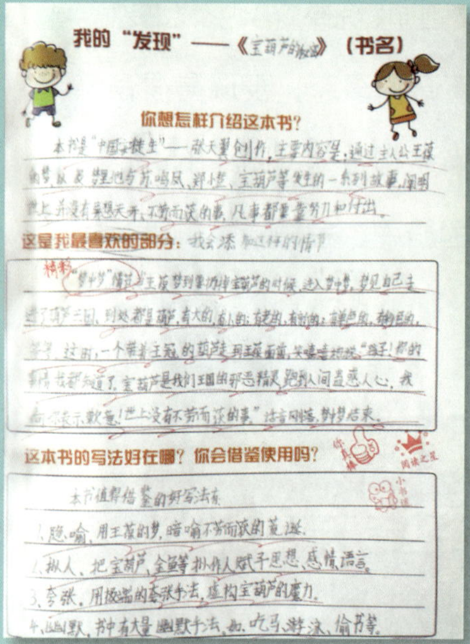

但是，反复琢磨起来，我觉得有点别扭和费解。《宝葫芦的秘密》表达出“劳动创造幸福”、“不能不劳而获”的道理，永远不会过时。任何时候，都不能贪图小利、不劳而获。劳动永远是开启人生的一把钥匙。别扭和费解的是，故事中提到的“偷书”、“换试卷”、“盖大楼”、“变食物”等，我理解起来特别费劲。无论是思维的方式，还是内容，

都觉得离我们的时代很遥远、很陌生。也许，这就是时代的距离。

无论怎样，通过《宝葫芦的秘密》，我明白了要放弃对各种各样“宝葫芦”无尽魔法的幻想，应该脚踏实地挖掘我们自身的潜能“魔法”，用自身的智慧和勇敢，实现理想，创造未来。

# 简说阀阅

三年级第一学期有节语文课，讲“门”字家族的汉字，老师要求我们，准备上讲台讲两个带门字框字的意思。我准备了“阀”和“阅”。

要说这两个字，先得从象形字说起。大概 5000 年前，

古埃及人发明了象形字。这是最原始的造字方法，象征性很强。我国的甲骨文和古埃及的象形字、古印度文，都是从原始社会最简单的图画和花纹中产生出来的。这种字写起来既慢又很难看懂。而且时间久了，连造字的人也忘记字的意思。现在，世界上基本上不使用象形字了。唯一的例外，是我国纳西族的东巴文和水族的水书，是仅存的象形字系统。

从“阀”的字形看，门字框里头，有个人拿着一把刀。很多人一看到门子框里的伐，就想到砍伐。但是在古代，伐更常用的意思是“自夸”“得意”。所以，阀的意思是“把得意的事情写在大门柱上”。据《史记·高祖功臣侯者年表》，阀指的是大门左边的柱子，用来记录祖宗、家族功绩官勋、朝廷的封赐等。

那么，大门右边有没有柱子呢？如果有，叫什么？那就是“阅”。阅的字形也一样有意思，门子框里头的“兑”，在古代与“悦”同音同义，据说古代还没有发明“悦”，意思就是开心、快乐。所以，阅的意思是“把开心的事情写在右边大门柱上”。据记载，阅主要用来记载当官的履历。

自主选修课
让学习好玩起来
国学
中国人民大学附属小学

叶
茎
根
植物
叶肉
叶片
叶柄
陆生
水生
沉水
浮水

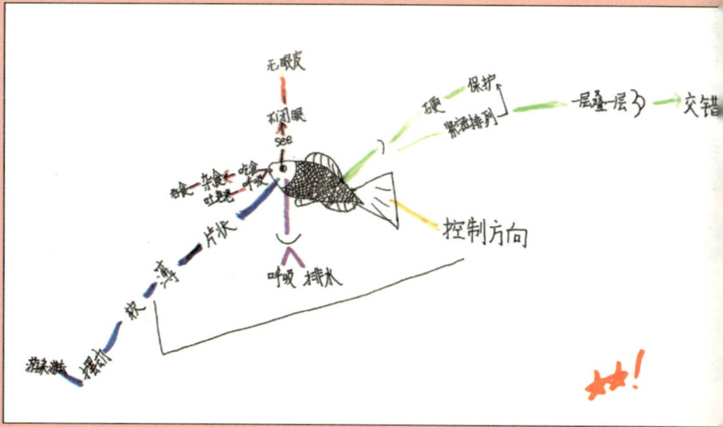
see
保护
控制方向
呼吸
排水

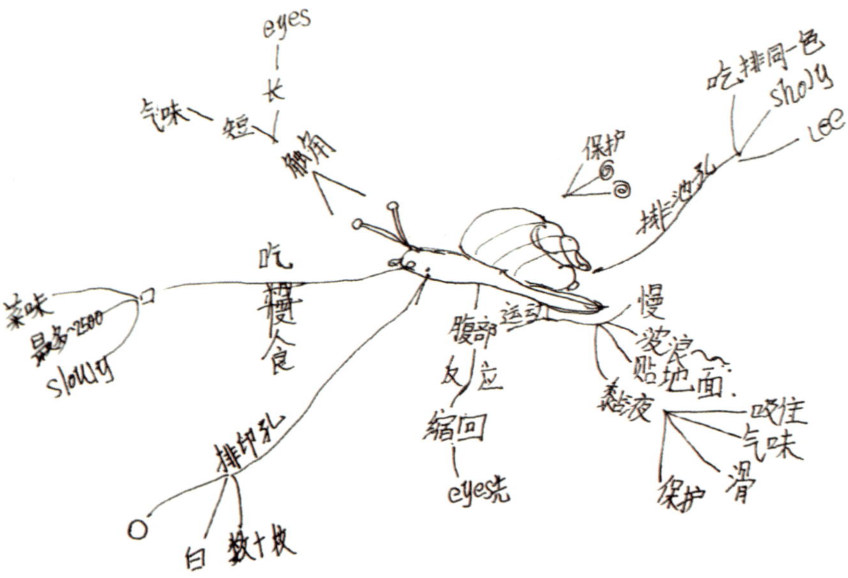


把两个字连起来，“阀阅”的意思就是，朝廷封赐、家族丰功伟绩和当官履历的公示牌。“阀阅”还有一种意思是“自序”。

通过这两个汉字的考察，我感到中华文化的博大精深，每一个汉字背后都隐含着不同凡响的意义。

# 犯错

犯错真可怕，
老师脾气大。
罚体又虐心，
吓死娃哈哈。

维克多利

# 汤姆·索亚的春天

## ——读《汤姆·索亚历险记》有感

《汤姆·索亚历险记》的作者是美国大文豪马克.吐温。他一生中共创作了23部作品，以《汤姆·索亚历险记》为代表的一些著作，成为脍炙人口的不朽名著，给世界文学宝库增加了光彩。马克.吐温小时候很调皮，不爱上学，经常逃学，到他家附近的密西西比河边，一坐几个小时，细细地观察静静流淌的河水。据说，他有9次差点沉入河底，被波浪卷走。12岁时，马克·吐温就不上学了，到印刷厂里当排字工人。

《汤姆·索亚历险记》讲述的是以汤姆为首的一群孩子天真烂漫的生活。他们很有主见，不怕老师，不怕学校，为了摆脱无聊的功课、虚伪的教义和呆板的生活环境，做出了种种冒险经历。这本书用幽默和讽刺的笔法，对当时的丑恶现象毫不留情，一针见血。

其中有两个故事情节，我印象很深。第一个是冒着生命危险在法庭作证。话说一天，汤姆和伙伴哈克在坟地目睹了一场惊心动魄的杀人案，凶手波特冤枉哈波，于是，哈波被抓了。汤姆决定在法庭上作证，把凶杀事件原原本本地讲给法官听。面对杀人犯，讲出真相，需要多大的勇

气啊！第二个情节是靠智慧和勇敢走出迷宫般的山洞。有一次，汤姆和伙伴贝琪在一个伸手不见五指、通道纵横交错的大山洞中迷了路，他们困在里面几天几夜。贝琪是个女孩，她那时再也走不动了，全靠汤姆冒着生命危险探路，直到走出山洞。

这些情节启发我们，再调皮的孩子、不上学的孩子，也有属于自己的精彩人生。在当时美国，貌似公正的法庭，错案时有发生。可笑的是，一大帮法官、陪审官还顶不上一个小屁孩。故事反映出的道理有很多，但我觉得最深刻的就是“谁拥有一个灿烂的童年，谁就拥有了世界”。

# 课堂无处不在

## ——关于“停课不停学”的思考

三年级圣诞前夕，首都北京再一次被重度雾霾包围。老师告诉我们，上级部门发布红色预警，并要求实行“停课不停学”。听说，全市158万中小学生、幼儿园孩子中，只有11万同学坚持去学校。

有的家长听到以后，在班级群抱怨“真是服了政府，就会停课”、“说的好听，停课不停学”　　查看互联网信息，这些抱怨主要有三个方面：学生抱怨作业留得太多，老师抱怨教学进度受阻，家长抱怨无人照顾孩子。

我听到“听课不停学”通知后，感到喜忧参半。喜的是，约束少了，可以自由自在地呆在家里，可以睡懒觉，可以看自己爱看的书；忧的是，作业成堆，而且没有小伙伴的陪伴和玩耍，有时会觉得少了点乐趣。

这是今年第二次因雾霾而停课，但学校要求“学习”不能停。课堂在哪里呢？我觉得，学校里的课堂是有形的，也是有限的；而生活中的课堂，是无形的，也是无处不在的。比如，和老池阿姨下棋，也是一堂课。棋局中的调兵遣将、兵来将挡，一着不慎，满盘皆输，从这小棋子上能学到很多大道理。跟小郑叔叔学做菜，也是一堂课。厨房中的锅碗瓢盆、柴米油盐，需要完美搭配，加上一点想象力和小魔法，就能“变”出一桌 delicious。从中可以学到，想象力和小魔法对于生活和学习特别重要。感受圣诞氛围，也是一堂课。无论是北京还是上海的大街上、商场里，到处都是圣诞老人、圣诞树、圣诞袜和雪橇等，让人感到热烈

Merry Christmas!

2013.3.22
嘉欣

的节日氛围。我想用这首诗来形容：

行人在大街上看圣诞风景，

圣诞老人在雪橇上看行人。

圣诞风景装饰了行人的影，

行人点缀了圣诞节的风景。

通过对学校“停课不停学”的思考，我悟出了：课堂无处不在，学习也是无处不在；学校课堂上的知识很重要，生活中那些课堂上的知识同样重要。

# 阅读校长

二年级暑假，为了提高主持能力和表达意愿，爸爸给我报了“小记者辅导班”。尽管事后表明，辅导班纯粹以盈利为目的，完全事与愿违。但还是有点小收获。比如，今天老师布置的“如果我是校长”演讲题目，让我有所感悟。

通过爸爸平时的讲解，以及电视上的新闻报道，我了解到现在的家长为了孩子上一个好学校，绞尽脑汁，做了很多该做不该做的事。有的求爷爷告奶奶，有的拼爹，有的拼钱，有的甚至突破底线。而很多学校，盛名之下，其实难副。一个好的校长，对学校的办学理念、教育方式和课程内容，至关重要。我想，如果我是校长，至少要明确

图形王国

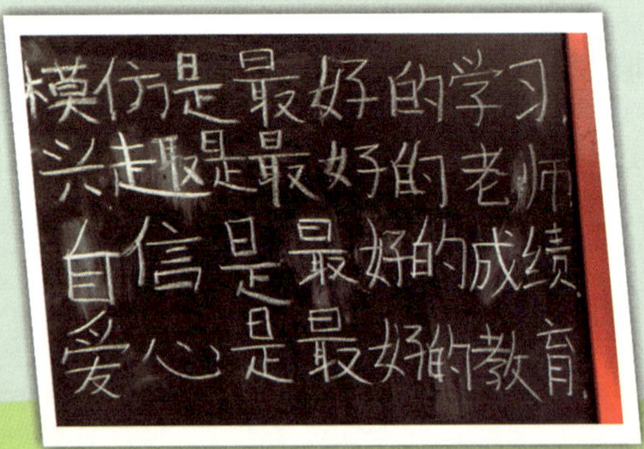
模仿是最好的学习
兴趣是最好的老师
自信是最好的成绩
爱心是最好的教育

以下四点。

模仿是最好的学习。如果我是校长，一定让全体教师坚持以德为先、以德育人。古话说，人法地，地法天，天法道，道法自然。所有的学习都是从模仿开始。通过模仿，我们获取一切必要的学习方法和基础知识。

爸爸给我讲了古代孟母三迁的故事。孟轲三岁丧父，孟母虽靠帮人以浆洗、纺织为生，但非常重视孟轲的模仿学习。孟轲的家原本在坟场附近，年幼的孟轲经常看见送葬扫墓的情景，就与小伙伴模仿送葬扫墓，成天玩挖坑、埋人的游戏。孟母觉得这个地方不适合孩子的成长，就搬了家。孟轲的新家靠近市场，孟轲耳闻目睹的是杀猪、卖肉之事，孟轲就成天模仿杀猪、卖肉的游戏。孟母感到这里也不是久居之地。于是再次搬家，搬到一所学堂附近。靠近学堂，孟轲听到的是读书声，看到是彬彬有礼读书人。在浓厚的读书氛围的影响下，孟轲也学着读书行礼，模仿成人刻苦读书，最终成为著名的儒学大师。这个故事说明，模仿学习对孩子多么重要！有什么样的校长，就有什么样的老师，也就有什么样的学生。

兴趣是最好的老师。如果我是校长，一定让全体教师尽最大努力激发孩子们的兴趣。现在有的学校，不顾教委命令，给学生布置很多作业，经常性举行各种考试，制造紧张，甚至引发学生对学习的反感和讨厌。有的老师上课采用强制灌输、填鸭式教育，一遇到调皮学生，要么放任不管，要么体罚，或者罚站、罚抄。这些都抑制孩子们的学习兴趣。

孔子说：“知之者不如好之者，好之者不如乐之者。”科学家爱因斯坦也说过：“兴趣是最好的老师。”这就要求老师，通过课堂情境，使学生对学习产生兴趣，激发孩子们的表达意愿，营造自主探索、合作交流、动手实践的活动空间，让学生体验成功的喜悦。

自信是最大的成绩。如果我是校长，一定想方设法让老师树立孩子们的信心，让每一个孩子觉得自己是最棒的。爸爸告诉我，当国家经济发展不顺畅时，领导人提出“信心比黄金重要”。现在回过头来看，信心已经变成了黄金、变成了财富、变成了幸福。我看过书上说，自信是英雄的本质，自信是最大的魅力。在小学学习中，信心比成绩更

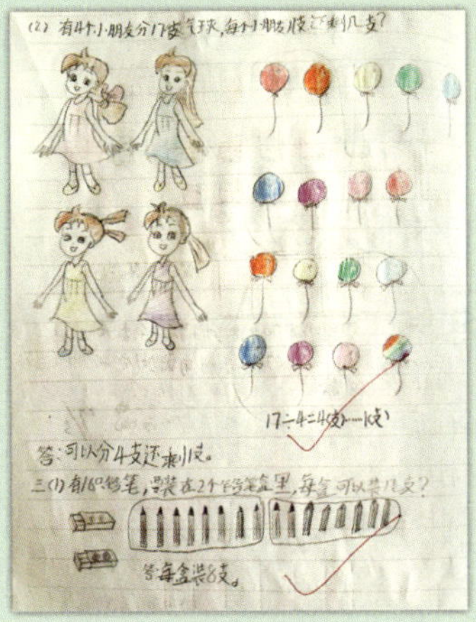

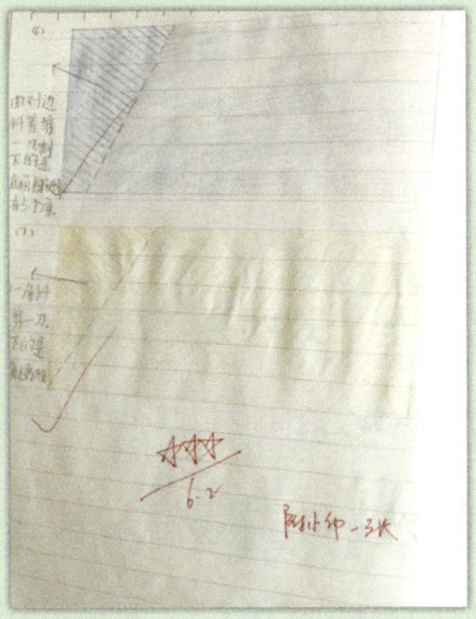

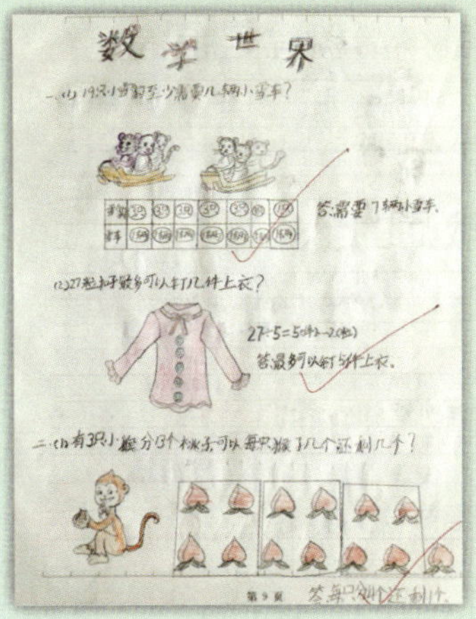
数学世界

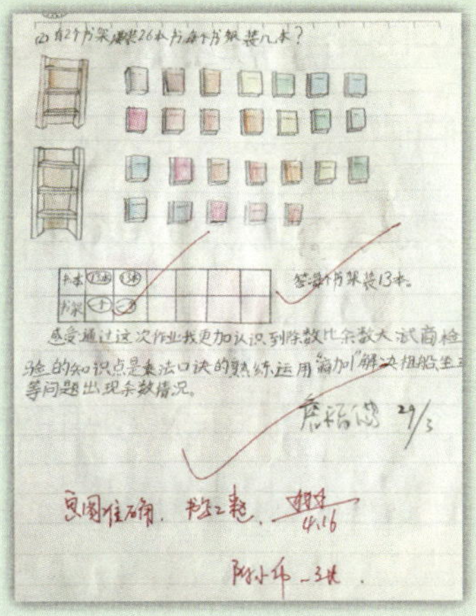

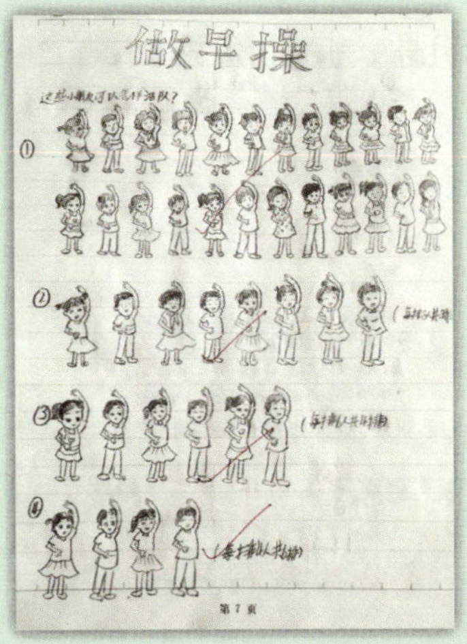
做早操

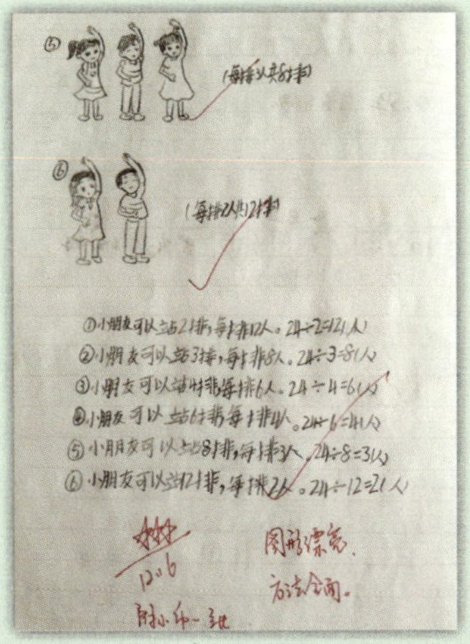

重要，信心能成为对学习的热爱、对学习的信仰、对学习的体验。也许这就是，政府要求学校不得将学生成绩进行排名的理由。尽管好多学校屡禁不止，乐此不疲。

爱心是最好的教育。如果我是校长，一定让学校充满爱，使老师们打开学生的情感大门，用爱心浇灌孩子的成长，去擦亮孩子们心中的希望和梦想。鲁迅说过：“教育是植根于爱的。”黄伯伯说，教育是太阳底下最光辉的事业，教育的光辉就是爱。爱是教师的灵魂，是教师的全部人格魅力。

爸爸给我讲了佛印与苏东坡参悟的故事，人的心中有什么，就会在眼中看到什么。苏东坡心里有“狗屎”，所以把佛印看成狗屎。老师们应该在孩子们心里广泛播种爱的种子，培植孩子们心灵世界中的真善美幼芽，并让幼芽开花结果，长成参天大树。

这些就是我对校长角色的阅读。

# 精读《夏洛的网》

夏洛的网
〔美〕E·B·怀特 著 任溶溶 译
E. B. White
Charlotte's Web
上海译文出版社
Some Pig
Charlotte's Web

《夏洛的网》话题讨论

1、弗恩说杀落脚猪公平，谈谈你的看法。

①她很善良，非常爱小物。

②她很公平，因为她认为人和动物是平等的。要善待任何一个生命。

③她很勇敢，因为她用自己的身体为小猪挡爸爸的斧子。

头脑小风暴：

弗恩三次提到不公平，一次比一次坚决，让落脚猪死"不公平"，难道让它生就公平了吗？在人的控制下，动物的生死又有什么区别呢？如果任性的人类不能善待动物，世界将会怎样呢？

2、从弗恩父亲铁了心要卖掉小猪让你看到成人与孩子看待这个问题有什么不同？

①成人没有童心，孩子有童心，有一颗洁白如玉的心。

②弗恩父亲看到的不是一只小猪，而是一笔金钱。弗恩看到的不仅是一头小猪，更是一条生命。

③弗恩父亲对小猪的命运是悲观、消极的。弗恩对小猪的命运是乐观、积极的。

3、弗恩把小猪养大的过程中，哪个细节最让你感动，写出你的感动。

细节：有时候威尔伯走累了，弗

恩干脆把它抱起来，放到婴儿车上，躺在洋娃娃身边。

感动：

书中用了抱、放、躺三个字，反映了弗恩深怕小猪不舒服了，把它当做亲人对待，十分煽情。

头脑小风暴：

落脚猪的待遇超过了宠物甚至一些孩子的待遇。难道这种待遇没有超过爱的底线吗？人与猪的伦理界限如何体现？

4、从逃出到主动回屋，你认为这是一只怎样的小猪？如果是你，你会选择自由还是安逸？为什么？

我的观点：

①这是一只会思考的小猪。它不仅对世界充满好奇心，“世界那么大，它想去看看”，而且有点主见，能分析母鹅和别的动物的话，能逃脱小猎狗、勒维的追捕。

②这是一只有勇气的小猪。由于无聊、母鹅的鼓动和那块松动的木板，它敢于为自由而逃走。在落荒而逃的过程中，它的表现比一般的专家之大要勇敢。

③这是一只无知的小猪。它认为天底下还有“免费的午餐”，不需要付

出代价的自由，这不仅无知、可笑，而且在追求自由的路上半途而废。

④这是一只贪馋的小猪。为了吊人胃口的泔脚，它放弃了对自由的追求，主动上当、主动回屋。

我的选择：

如果是我，我会选择自由。理由如下：

①自由是人的本质。如果没有自由，人与动物就没有区别。所以，有人说自由高于生命。

②自由是理想的价值。有志不在年高，再小的孩子都应该有理想。每一个理想都是为了追求自由，我要为自由而奋斗。

③自由是生活的源泉。人不能贪

于安逸、失之自由，让安逸蒙蔽了自由的眼睛，甚至埋葬了自由。特别是小学生，要为自由而努力。

④安逸是自由的补充。在坚持自由的同时，也要劳逸结合。

5.如第六章开篇的农场环境和生活描写，听爸妈描述他们小时候的生活环境，记录有趣的内容。

①爸爸小时候的生活环境。

北宋大家沈括所著《梦溪笔谈》提到的“天下奇秀的温州雁荡山”，是爸爸的家乡。改革开放初期，在那个依山傍海、“靠山吃山，靠海吃海”的地方，乡亲们以“敢为天下先”、敢于吃第一只螃蟹而闻名。活力四射、朝气蓬勃的氛围之下，鲜花能够妆扮一整个春天。

三月里，李花盛开，洁白如雪的花瓣在林中飞舞；桃花露出粉红色的脸庞，用微笑点缀春天；漫山遍野的杜鹃花，开在百鸟和鸣中；金灿灿的油菜花花浪滚滚，花香飘然……

改革开放的东风，吹来了干事创业的活力，吹开了孩子们心中的花蕾，吹活了那片土地上的童趣。

②有趣的内容。

那一代孩子的乐趣，既来自大自然和小猫小狗，更来自伙伴之间、同学之间的玩耍。

弹玻璃球是小男孩的最爱。人手一球，谁先把球打完谁就赢了，高级的玻璃中间有彩色图案。这是儿童版的“高尔夫”。抽陀螺也是常玩的游戏，那时的陀螺大多自己动手制作，用棕榈叶作鞭子，有一块空地就可以玩了。还有滚铁环、拍纸片等。

不同时代的孩子有不同的玩具、不同的玩法，但相同的是有一个快乐的童年。

头脑小风暴：

通过对弗恩的假期描写，有人会问这样的生活是不是有些乏味呢？但是谁是生活的评判者呢？到底跟动物还是跟人好玩呢？是不是每人都有各自童年？——致终将告别的童年！

6、请把六七章夏洛说的话画下来，仔细读读，你会发现夏洛和每个人都相处融洽这跟它说话的方式有关吗？请细读夏洛的话，把你的发现写下来。

经统计，这两章中夏洛的话共有8处。我反复阅读，发现了：

①理解是夏洛说话的出发点。它总是能够从别人的角度和立场来谈自己的观点，这就是换位思考，这就是理解万岁。

②善良是夏洛说话内容的特征。比如，“我一直先麻醉它们，让它们不感到病苦。这是我能帮的一点小忙。”“有什么事人想不出来啊！”这些话体现了夏洛的善良。

③自信是夏洛的话背后的根据。

面对威尔伯哇哇大哭后的求救，夏洛简单明了地说了"你不会死""我救你"，这两句话铿锵有力、掷地有声，很有自信。

天底下没有无缘无故的融洽，夏洛的融洽跟它的说话方式有关，跟它的说话内容也有关，跟它的品德更有关。

7.小猪认识夏洛后，夏洛给它留下了什么印象？从哪看出的？你如何评价？

通读第五章后半部分，特别是最后两段，可以看出：夏洛凶狠、残忍、狡诈、嗜血、好看和聪明。

尽管威尔伯对夏洛有六个方面的印象，但是这都是表面的。随着了解的不断深入，认识也会改变。

　　这告诉我们，人不可貌相，动物也不可貌相，表面现象具有迷惑性。

优

8、夏日母鹅孵出几只小鹅？没孵出的那只鹅蛋去哪了？

　　经过母鹅四个礼拜不懈的努力和耐心照料，它一共孵出了七只小鹅。没孵出的蛋被母鹅认为是个臭蛋，所以就把蛋给了狡猾的老鼠——坦普尔顿拿走了，最终那个臭蛋被弗恩的贪玩的哥哥艾弗里压破了。

9、威尔伯为什么事痛哭流涕？

　　“威尔伯哇哇大哭。我不要死，它呻吟说，我要活，我要活在这舒服的肥料堆上，和我所有的朋友在一起。我要呼吸清新的空气，躺在温暖的太阳底下。”这句话体现了威尔伯对生活的渴望，对生活的向往。

10、你对第8章“弗恩说动物会讲话”的事感到古怪吗？他爸爸妈妈怎样看待弗恩古怪的？如果你是弗恩，想象一下，你爸爸妈妈会怎么说你的古怪行为？

①我相信动物有自己的语言，但只会发出声音，而不会像人类一样说话。科学告诉我们，人类的无知就是一片茫茫大海，而人类知道的却是茫茫大海上的一片孤岛，不能因为不懂或者无知，而否定大自然的一些神秘现象。

②弗恩父母的态度是不一致的。她父亲支持信任、乐观的态度，就像书里写的"阿拉布尔先生咧开嘴笑。也许我们的耳朵没有弗恩的耳朵尖。他说。"认为这是小孩子特有的想象力。但她母亲怀疑、担忧的态度，觉得这可能是不正常的病态，需要咨询医生。

③我的爸爸妈妈也会出现这种情况。我爸爸会信任、鼓励我，而我妈妈会担心、怀疑。

11.读第九章结尾的对话，你读懂了什么？

①结尾的对话有六个"晚安"，我理解这反映了威尔伯对夏洛的恋恋不舍。

②但进一步结合上下文，我还读出威尔伯对生死未卜的前途忧心忡忡，它

把夏洛当做救命稻草，希望夏洛能够兑现“不让它死”的诺言。

12、一个令人讨厌的臭蛋竟然救了夏洛的命，看来再不起眼的东西也可能有它的价值。通过这件事，你怎么看待事物的两面性。

①诗仙李白说过“天生我材必有用”，意思是说任何事物的存在都有其独特的价值，再怎么“高大上”的事物也无法替代那些“不起眼”的事物。

②不管如何“令人讨厌”也不管如何“不起眼”，都要保持积极乐观、奋斗向上的态度。

③“令人讨厌”与“令人喜欢”、“毫不起眼”与“引人注目”不是不变的，相互之间只有一步之遥，相互转化是

必然的。

1、夏洛为威尔伯共织了几次网？每次都织出了什么字？这些字对威尔伯起到什么作用？

夏洛为威尔伯共织了三次网，第一次织出了“王牌猪”，第二次织出了“了不起”，第三次织出了“光彩照人”。

这些字就像为推销、抬高威尔伯而放的三颗“卫星”，使它远近闻名，成为农场里吸引力的中心、关注的焦点。威尔伯成了一只人见人爱的猪，最终成功脱逃被宰杀的厄运，实现着雪的愿望。

2、除了“王牌猪”，结合你对威尔伯的了解，你还想到哪些词语来赞美它？

我想到了以下词语：

极不寻常、特级好猪、纯真、善良、可爱、聪明、为生存而战、乐观、守信、负责、善于抓住机会、干净、漂亮。

3.我们都知道“王牌猪”是夏洛的把戏，但人们从此改变了对威尔伯的看法，说说是什么使人们看不清事情的真相？

①都说“谎言重复一千遍就成真理”，类似的说法还有“三人成虎”“众口烁金”，反映了舆论的重要性，它能引导人们的观点和看法。

②真理总是站在少数人的一边，但不幸的是，大多数人缺独立思考，容易随波逐流。

综合以上两个方面，人们容易迷失自我，只有少数人可以安之所处，志有定向。

4、对话中可看出每个人的个性特点，和爸爸妈妈分角色读12章，请用恰当的词分别概括出这一章中夏洛、威尔伯、坦普尔顿、老山羊表现出来的特点。

夏洛：干脆利落。

威尔伯：贪生怕死。

真漂亮。

老山羊：热心机智。

坦普尔顿：自私自利。

5、老鼠坦布尔顿不愿上集市上去，山羊是怎么说服它的？说说如何劝说别人接受你的建议？

山羊用自己的智慧说服坦布尔顿，山羊告诉坦布尔顿"威尔伯的食物，威尔伯的命运与你的命运息息相关""要是威尔伯给杀了……你就要瘦而又瘦”。这些话把坦布尔顿听得胡子都抖起来了。

劝说别人应该做到以下三点：

①首先，要有点想像力。就是需要劝说的基本思路，对劝说的目标、对象以及内容、方法、手段要做到胸有成竹。

②其次，要有“胡萝卜”。就是要

有奖励，从物质利益出发充分考虑劝说对象的立场，使之有利益驱动。

③最后，要有“大棒”。就是要让劝说对象明白，不接受建议有哪些坏处，甚至是严重后果或者惩罚。

6.威尔伯能保住性命，你觉得都有谁的功劳？为什么？（不要遗漏帮助它的每一个人）

据我了解有以下角色：

弗恩、母鹅和公鹅、臭蛋、夏洛、老山羊、坦布尔顿、牛、朱克曼夫妇、记者、威尔伯、勒维、观众、牧师（不分先后）。

夏洛：救威尔伯有头等功劳，鼓励威尔伯，用全部力量织网织字，甚至不惜付出生命来拯救。

坦布尔顿：它去垃圾场啃纸片带回来，给夏洛织字作参考。

老山羊：说服坦布尔顿加入救威尔伯的行列。

臭蛋：臭蛋爆炸臭走了艾弗里，救了夏洛一命。

母鹅和公鹅：生蛋、孵蛋，生出的臭蛋救了夏洛的命。

以上是“织字工程”团队。

勒维：三次发现夏洛的网上的字，并第一时间告诉朱克曼夫妇。

朱克曼夫妇：告诉牧师出现的“奇迹”，告诉记者这件“大事”。

牧师：在布道中传播这只最不寻常的猪。

记者：他把摄影师带来，添油加醋传播报道这件事。

观众：围观的力量是无穷的，观

众造了只“神猪”。

以上是“造神工程”团队。

朱克曼夫人：用牛奶给威尔伯洗澡，让它觉得光彩照人。

牛：产出牛奶供威尔伯洗澡。

坦布尔顿：把威尔伯给咬醒。

以上是“领奖工程”团队。

当然，弗恩、威尔伯是最关键因素。

威尔伯能保住性命，离不开三大团队和弗恩、威尔伯（3＋2），一个都不能少。

7.你能用一句话或一个词概括一下胜利时刻威尔伯的心情吗？

胜利时刻威尔伯的心情是复杂的。既有兴奋、喜悦、开心、快乐、愉快，我想也许还有紧张、侥幸、羞愧、焦虑，等等。

如果用一个词概括的话，我想用“激动”。

8、为什么要增加颁奖时小猪晕倒的情节，而不直接写大家顺利的领了奖。

①这是把剧情推向高潮的需要。作者运用对比、冲突的描写手法，在激动人心的胜利时刻，用“晕倒”抓人眼球，让情节起伏，制造了高潮和幽默效果。

②这是威尔伯复杂心情的体现。胜利来之不易，既有威尔伯的自身努力，也有夏洛它们的功劳。它为保住性命而感到激动、兴奋，为虚假的事件“真相”而感到紧张、羞愧。我想：

是这些复杂的心情让它的"小心脏"受不了，把威尔伯击倒在地让它晕倒。

③这是为了给坦布尔顿立功的机会。通过关键时刻的这一"咬醒"，揭示了再怎么"令人讨厌""不起眼"的小人物也有"大作用"。

9、原不喜欢小猪只顾自己玩乐的艾弗里，却在集市上不去玩乐，与小猪形影不离，为什么？

①小猪能不能让艾弗里喜欢，取决于它自身的价值。在农场，小猪默默无闻，艾弗里的注意力自然就不会在小猪身上。

②在集市，小猪身价高抬，成为引人注目的“名猪”，关注的焦点，艾弗里自然就喜欢它了。

③与小猪形影不离，艾弗里可以分享“名猪效应”，可以“卖弄自己”“扮小丑”，从而让大家注意。

头脑小风暴：

只要你足够优秀，世界为你疯狂。连猪都不例外。所以要让自己优秀！

10、和家长分角色读第21章，摘抄这部分精彩的话语或令人感动的句子，并写出理由。

①一只蜘蛛，一生只忙着捕捉和吃苍蝇是毫无意义的，通过帮助你，也许可以提升一点我生命的价值。

理由：深刻，触及生命意义。

②只要你把夏洛的卵袋拿下来，从今以后，当勒维给我喂食的时候，我一定让你先吃。

理由：担当，不惜牺牲食物。

11、夏洛为威尔伯赢得无忧无虑的未来，而自己的生命却走到了尽头，你觉得夏洛这短暂的生命有什么价值吗？为什么？你认为生命的价值到底是什么？

①我认为，夏洛的死重于泰山。

这是因为它的生命中有善良、无私、奉献、责任。它用自己的生命换来了威尔伯的未来，避免了生命中不能承受之轻。

②我认为，生命的价值在于奋斗、担当，而不是索取。

12、说说你眼中的坦普尔顿，你怎么看待坦普尔顿在整个事件中的作用？

我眼中的坦普尔顿是自私、贪婪、令人讨厌、形象丑陋的东西，但同时也具有机智、能干的一面。

在整个事件中，坦普尔顿发挥了关键作用。可以说，没有它就没有威尔伯的未来，它不可或缺。

13.这本书中塑造的十几个形形色色的人物和动物形象，其中你最喜欢的是哪一个？为什么？

①《夏洛的网》先后塑造了弗恩、阿拉布尔夫妇、艾弗里、威尔伯、霍默、母鹅、勒维、牛、羊、公鹅、坦普尔顿、夏洛、七只小鹅、多里安医生这14个人物和动物形象，有的富有爱心、敢于担当，有的缺乏自信、顽皮任性，有的自私自利、贪生怕死，这些形象千姿百态、栩栩如生。

②我最喜欢的动物形象是老山羊。因为它乐于助人、聪明机智，用智慧说服坦普尔顿，谦虚而又低调，帮忙不添乱。

14.在生活中，你找到像夏洛一样的朋

友了吗？你愿意成为谁的夏洛？现实生活中，你准备如何去帮助你的朋友？

①生活中，我没有找到像夏洛一样的朋友。夏洛之所以重要，是因为威尔伯的无能和贪生怕死。可以说，威尔伯成就了夏洛。我不是威尔伯，我也不需要夏洛。

②目前看，我本身的能力还不够大，充当生活中的“夏洛”还不太现实。但是，我会尽自己所能去帮助身边的“威尔伯”。

③我想应该这样帮助别人：首先从精神上鼓励，让他的精神成为动力；其次从方法上使劲，让他掌握方法；最后有重点地帮助，帮人之所急，做“雪中送碳”。

☆☆☆☆☆☆

# 金色童年

詹嘉含書

# 嘉之会也

随着年龄逐渐大起来，我知道的知识也与日俱增。大概两年前，爸爸和妈妈告诉我，我还在妈妈肚子里时，他俩就商量给我起名字。当时，流行 B 超看胎儿性别，但爸妈并没有让医生看，尽管爸爸和医院很熟悉。他们的意思是，不管是儿子还是女儿，都是最好的。经过爸爸的精心思考和一段时间的酝酿，起了“嘉会”这个名字。当我出生时，北大妇儿医院要求在出生证明上写上婴儿名字，爸妈就提供了“嘉会”。据说，同时期出生的孩子中，好多家长还没来得及起名字呢！

在一堂书法课上，黄伯伯告诉我，《易经》中有一“乾”

卦，代表天或阳气，能生养化育万物。很久很久以前一个才女穆姜，将“乾”卦中的“元、亨、利、贞”称为“四德”；唐朝一个才子进一步提出：“元，始也；亨，通也；利，和也；贞，正也”，认为乾卦“四德”意味着阳气始生万物，物生而通顺，能使万物和谐，并且坚固而得其终；宋朝大学者将元亨利贞用来形容万物从生长到成熟四个阶段，并成为哲学术语。我写的“嘉之会也”四个大字，黄伯伯说有点灵气。

黄伯伯说，按照大多数人的理解，元象征一个事物的初始，对应春天，植物的发芽；亨象征一个事物的成长，对应夏天，植物的生长；利象征一个事物的收获，对应秋天，植物的开花结果；贞象征一个事物的收藏，对应冬天，植物的落叶过冬。

爸爸告诉我，“元者，善之长也。亨者，嘉之会也。利者，义之和也。贞者，事之干也”，这是孔子研究《易经》以后，对“元、亨、利、贞”的解释，把“元、亨、利、贞”四个字纳入人文思想。“元”强调善，包括善的思想、善的行为，这是代表万物的开始，也是好的一面的开始。“亨”是好的集合，嘉是良好的意思，良好的很多因素集合起来，成为好的集合，才够为亨。“利”则要达到和的利，和在现代的观念是和平。至于“贞”，则是一件事物的中心。按照孔子的标准，一个人受了教育以后，只有具备元、亨、利、贞四个字，才够得上作为一个人，亦即要养成“怀仁足以长人”。自己的胸襟，内在爱人，才能够领导别人。“嘉会足以合礼”，一切的嘉会，人与

人之间相处得很好，才能合礼。礼即是中国文化《礼记》中所标榜的社会，亦即是今日我们所标榜的小康社会。“嘉之会也”，就是说良好的因素集合起来，才可以合乎礼仪，形成良好秩序。这就要做到上下沟通、左右沟通、内外沟通，

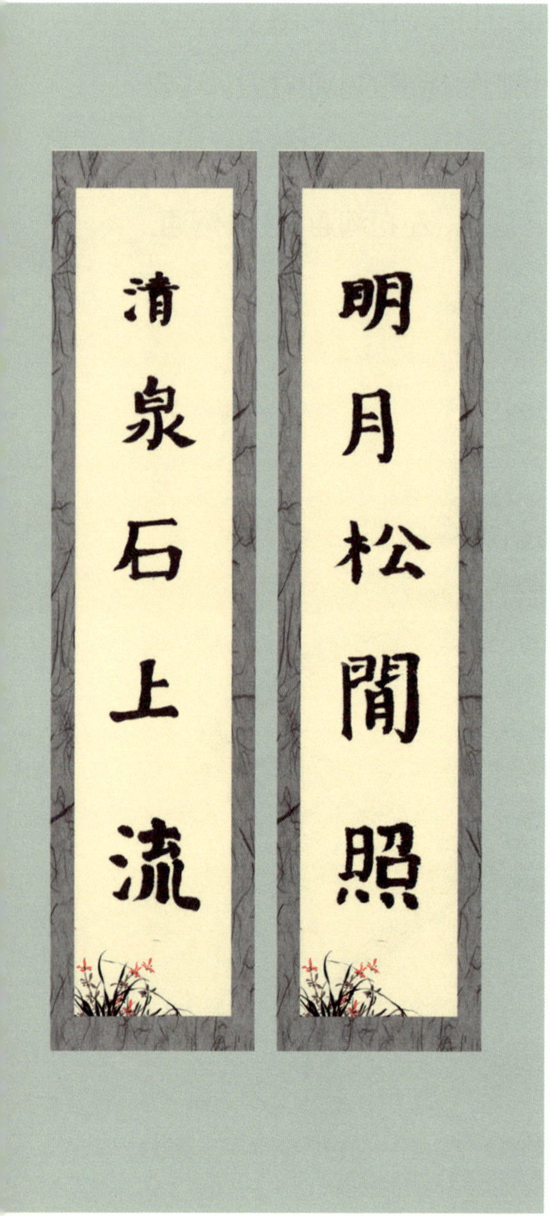


把各种不同的意见、不同的信息协调起来，找出它们之间的中介点，求得共识，达成行动。正是从这一意义上说，“亨”指的是顺利通达。

爸爸给我灌输的这些知识，我似懂非懂，很朦胧的感觉。只是大概知道，“嘉会”的意思是好东西的聚合。从名字里头可以看出，爸妈对我的希望就是有一个开心顺利通达的人生。爸爸从来不会勉强我做不愿意做的事，只要我有空，爸爸就不顾一切陪伴我，陪我旅行、阅读、运动，在陪伴中教我很多人生道理。爸爸知道我最喜欢的食物、最喜欢的颜色、最怕痒的地方、最习惯的姿势、最讨厌的东西，能够理解我的肢体语言，我一伸手，爸就知道我要什么。妈妈也付出很多，对我的成长很关心，帮我报托管班、辅导班、练习班，有时还教我好多莫名其妙的知识和禁忌，付出的时间和精力也很多。记得去年出版《旅行与成长》时，出版社编辑建议爸爸写个跋，说明对我培养的初衷，记录陪伴我成长的心路历程。当时，爸爸就没有采纳。爸爸说，在这一个小册子里头，会有一篇关于“嘉之会也”的小文章，可以简单提及。

嘉会，嘉之会也，足以合礼，顺利通达。这就是我的名字的内涵和爸妈的期望。

# 春天故事

《说文解字》中说：“春，推也。从艸屯 , 从日 , 艸春时生也。”这是个会意字。甲骨文时期，春字从草从木，草木春时生长；中间是“屯”字，似草木破土而出，土上臃肿部分是刚破土的胚芽形，表示春季万木生长。“屯“亦

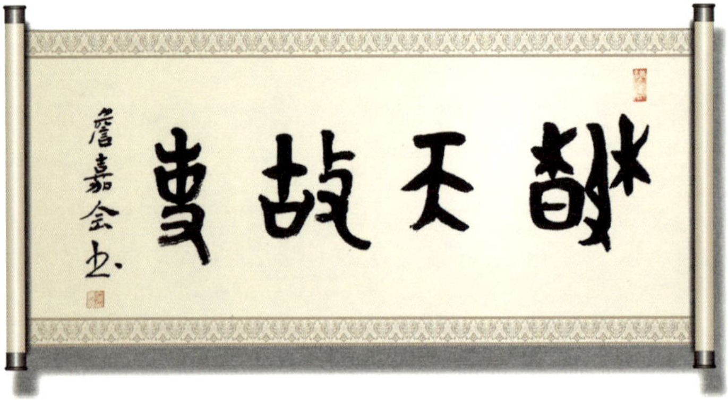

兼作声符。小篆字形以后，除日之外，其他部分都看不出来了。

黄伯伯告诉我，春，是太阳照到土地上，两边的草长出来，这是一个万物复苏的季节。在黄伯伯的指导下，我写了两副书法作品：“春天故事”、“春天”。

我们语文教材前面几课，都是关于春天的。曲老师给我们布置了至少有三篇关于春天的小作文，有的还需要图文并茂。下面是我完成的小书虫日记。

花园百花争芳斗艳，亭亭玉立，婀娜多姿，
让我心旷神怡，流连忘返，
我爱美丽的花园！更爱美丽的春天
五月的来临，带来了生机勃勃
的春天。香格里拉空气纯净而又稀薄。
这里风景怡人，引人入胜，称为消失
的地平线。扎西德勒！

今天风和日丽，我看见院子里的
小草都发芽了，说明春天来了。
春天跟柳树说话，
说着说着，
小柳树醒了。

爸爸经常说，一年之计在于春。大概意思是讲春天的重要性，作为一年的头季，春天对于整个年份有着表率作用，引领这一年。同时，这也是充满希望的季节。就像我上面写的那样，万物复苏，千姿百态，无限生机。

今年，我要争取让自己更加结实，在体重上达标，为学习生活奠定良好的身体基础，让爸爸妈妈放心！让自己开心！

# 黄河的美

黄河是我们民族的“母亲河”，孕育了中华文明。九曲黄河，如一条民族图腾的大黄龙，从青藏高原出发，蜿蜒东流，见证了中华民族悠久的文明历史。三年级国庆假期，我阅读了《黄河史话》、《天下黄河》两本书，还亲身体验了“黄河百害，唯利一套”的河套平原风光。我懵懵懂懂地感到，黄河的美浸透在内外两个方面。

从历史看，黄河文明的源头，可追溯到公元前 21 世纪的夏朝。通过阅读，我了解到，4000 多年的历史中，历代王朝在黄河流域建都的时间延绵 3000 多年，中国的文化中心也一直在黄河流域。比如，造纸、活字印刷、指南针、

火药，这“四大发明”产生在黄河流域。比如，诗经、唐诗、宋词等大量文化典籍，也都产生在这里。历史的厚重感，是最深刻的美，是黄河骨子里的美。

黄河的美，还在于干流的弯曲与支流的不对称。黄河干流多弯曲，素有“九曲十八弯”之称。从地图上看，黄河呈巨大的“几”字形。就像俗话所说那样，九曲黄河十八湾，宁夏起身到潼关。爸爸告诉我，黄河向东流的趋势是其本质，九曲十八弯只是表象，要学会透过现象看本质的本领。据书本统计，黄河支流不计其数，流域面积大于 100 平方公里的支流，就有 200 多条，组成一个庞杂的黄河水系。地图上，黄河的左岸、右岸支流呈不对称分布。黄河左岸大于 100 平方公里的支流，接近 100 条，黄河右岸有 120 多条。诗人李白用“君不见黄河之水天上来，奔流到海不复回”这样的语句，描述黄河的美。

黄河穿越兰州整个城市，其千百年的沉淀让兰州形成了独特而厚重的黄河文化。比如，黄河水车、金城渡、黄河铁桥、羊皮筏子等，曾是兰州的标志性文化。如今，古

黄河第一橋

老的“羊皮筏子”完成从黄河摆渡到黄河漂流的角色转换，悠悠旋转的“黄河水车”成为古代黄河农耕文明的道具。

黄河孕育的另一个重要地区就是宁夏。奔腾不息的黄河之水，在河套平原一反常态滋润着两岸土地。宁夏利用黄河水进行自流引灌已有 2000 多年的历史，素有“塞北江南”之美称。当地流传黄河“几”字大拐弯是专门为宁夏而拐的笑谈。位于黄河西岸的沙湖是一颗明珠，80 平方公里的沙与湖相依相偎，百万只候鸟在这里安家落户。沙坡头，地貌奇特，沙河相依，是最美丽的沙漠之一。唐代诗人王维写下“大漠孤烟直，长河落日圆”的绝句，描述沙坡头的美。

黄河的美，难以用言词表达。一切语言都是肤浅的！黄河奔流不息往东流，体现出顽强的毅力、磅礴的气势。黄河用自身独有的姿态，唤醒国人的爱国爱党、自强不息、厚德载物的情怀。

# 喀纳斯之秋

三年级的国庆黄金周，我和爸爸再一次任性，来了一场说走就走的西北之旅。那里，甭担心人满为患，看风景变成“看人海”。

选择西北之行，除了人的因素外，还有历史上赫赫有名丝绸之路的文化向度。这也是响应习主席“一带一路”战略的具体行动。

宁夏、甘肃、青海的不少景点都在丝路之上。这三个省区，一个共同特点就是黄河的纽带作用。黄河源头在青海，流经甘肃、宁夏。

我们在银川沙湖之后，就到了中卫沙坡头。第一个节

大漠孤烟直
长河落日圆
唐 王维

目是坐羊皮筏子。历史上是黄河流域最古老、最重要的水上交通工具。乘坐羊皮筏子前，我们要先坐快艇到指定位置。

游好宁夏两个地方后，我们自驾到达兰州，参观黄河风情园。这里的历史感、文化感跃然纸上。现在看到的是黄河大水车。这是黄河文化的重要组成部分，体现了中华民族的创造力。

离开兰州后，我们坐火车到达西宁，参观了塔尔寺和青海湖。然后，先飞乌鲁木齐，再飞喀纳斯。

10月5日早上，由于喀纳斯大雾，我们的飞机停在阿勒泰。我们从阿勒泰驾车前往喀纳斯，途中的风景让我忘记盘山路上的晕车和疲惫。

到卧龙湾后，我好像看到一条静卧在水中的巨龙，四周森林茂密，湖中巨石抵中流。位于月亮湾往北大约3公里处，我到达神仙湾。这是一片沼泽浅滩，常有云雾缭绕、超凡脱俗、如梦如幻，使人看了如临仙境一般。我们遇到了今年的第一场雪。简短的风雪洗礼，让我浑身发抖，再坐10分钟车，就到了住地。在这里一住就是三个晚上。虽然没有好吃的东西，衣服也不够，“饥寒交迫”的我们还是感到很开心。

这次旅行，也是一种阅读。阅读西部民族文化，阅读大自然的美景以及置身其中的我们自己，阅读父爱和友爱。

# 金色的诗意童年

## ——读《小毛驴之歌》有感

第一次读《小毛驴之歌》是在医院里，我的感冒发烧遇上北京史上最严重雾霾。这本书是 1956 年诺贝尔文学奖获得者西班牙诗人西梅内斯，在 23 岁创作的关于童真童趣的散文诗。全书共 138 篇，每篇几百字。说老实话，我大致能读懂书中的一些故事，尤其喜欢书中的文字和抒情。但对通过故事想要表达的意思，我感到晦涩、难以理解。

尽管出版社宣传《小毛驴之歌》“与《小王子》《夏洛的网》并称为 20 世纪三大心灵读本”“适合孩子和父母共同阅读的诺贝尔文学经典”，但有关书评或读后感却少得可怜，可谓凤毛麟角。我读了好几遍，觉得这本书有以

下三个特点。

金色是贯穿《小毛驴之歌》全书的线索。正如德国浪漫主义诗人诺瓦利斯所说：哪里有孩子，哪里就有黄金时代。作者用童年的眼睛观察童年的活动，用童年的口吻叙说童心童趣。可以说，作者的笔触写到哪儿，哪儿就有金色。就像书中说的“孩子们的黄金时代啊，你是惬意之岛，空气清新，充满生气……你的微风为我送来了悦耳的琴声，

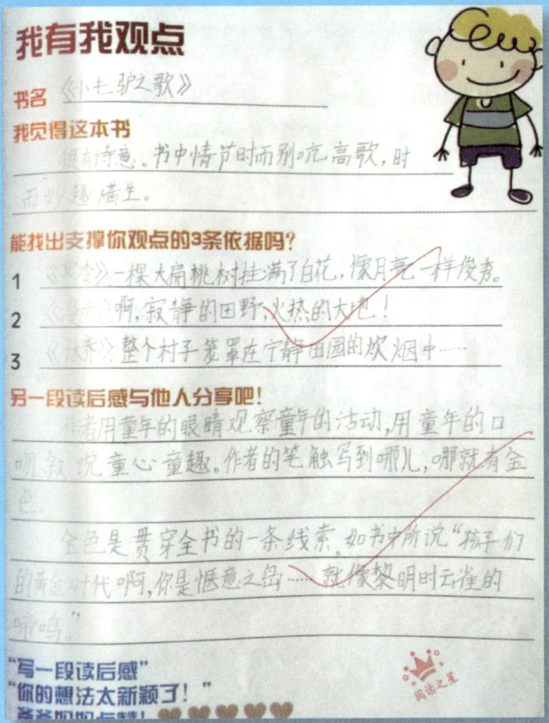

# 我有我观点

书名 《小毛驴之歌》

我觉得这本书

很有诗意。书中情节时而引吭高歌，时而妙趣横生。

能找出支撑你观点的3条依据吗？

1 《[illegible]》：一棵大扁桃树挂满了白花，像月亮一样俊秀。

2 《[illegible]》：啊，寂静的田野，火热的大地！

3 《[illegible]》：整个村子笼罩在宁静田园的炊烟中……

另一段读后感与他人分享吧！

作者用童年的眼睛观察童年的活动，用童年的口吻叙说童心童趣。作者的笔触写到哪儿，哪就有金色。

金色是贯穿全书的一条线索。如书中所说“孩子们的黄金时代啊，你是惬意之岛……就像黎明时云雀的啼鸣。”

“写一段读后感”

“你的想法太新颖了！”

阅读之星

这琴声就像黎明时云雀的啼鸣。”金色之情跃然纸上。

诗意是《小毛驴之歌》的显著特征。作为诗人的代表作，书中情节时而上窜下跳、时而引吭高歌，时而偶得妙吟、时而妙趣横生，文字的节奏之美，使人跌宕起伏。比如，在《寒冷》一篇中这样描写“一棵大扁桃树挂满了白花，像雪一样白，像月亮一样俊秀”，“轻轻把脚伸进小溪，

践踏明月，把月亮踩碎了”；《休养》一篇这样写“炊烟升起，散发出栗香。整个村子笼罩在畜栏散发的潮气和宁静田园的炊烟中”；《漫步》一篇这样写“啊，寂静的田野，火热的大地，明媚的夏令！”……诗意的小毛驴，诗意的原野，诗意的村庄，这本书就是一首长长的抒情诗。

忧伤是《小毛驴之歌》若隐若现的情怀表达。据说，作者的父亲以种植果园和经营葡萄酒为生，家境富裕。作者一开始学法律，后来改为文学专业，19 岁时他的父亲去世，带给他很多忧伤。这种忧伤，一览无遗地体现到书中。比如，《后事》中“普拉特罗，你如果比我早死……不会被抛到山路边的深渊”；《日食》中 “村庄好像一枚生了锈的铜印……看来是多么的渺小，多么的凄凉！”；《普拉特罗死了》中“我的普拉特罗多倒霉呀！……多叫人伤心、多叫人难受呀！”……也许，作者的人生是一场苦旅，他在寂寞的跋涉里身心疲惫。书中描述的童年、童话和诗歌，就是抚慰他的一剂良药。

# 雾霾的味道

昏暗的天，
汹涌着黄色的霾。
仿佛魔鬼张开血盆大口，
露出狰狞面目，
吞噬蓝色未来。
惶恐的人们，
埋葬了希望的遗骸，
在这冷默的寒冬，
窒息在红色预警。
小鸟在枝头呼唤，
霾尽春来……

（于12月9日）

# 日記

詹嘉會書

2016年1月18日 星期一 晴

回家的路

考完各门课程，如释重负的我迫不及待地收拾行李，收拾作业连同好心情，回那远在千里之外的雁山老家。

都说家是最温暖的地方，

让人日夜思念。大人小孩，都像赶集似的聚拢到车站、机场、高铁站，怀着同样的心情、踩着同样的步伐回家。这是一条触及乡愁的路。

对我来说，乡愁的概念还很模糊，回家就是亲情、轻松，还有奶奶家的美味年糕、粽子。

回家的路，在脑海里，在记忆里……

1月19日　星期二　小雨

日记

昨晚我睡了一个好觉，今天我精神非常充沛。爸爸发微信并打电话嘱咐我，不要忘记一天写一篇日记。

那么，日记是什么呢？爸爸告诉我日记是记叙文，可以记事，也可以写人；可以状物，也可以写景，还可以描写自己的想法。

今天，小雨淋湿了奶奶家庭院的那块菜地，淋湿了整个下午。我想，这个寒假的日记，贯穿同一条主线，围绕城乡小学生生活的比较，以体验生活、热爱生活。

1月20日 星期三 小雨

小学生跳楼

故事发生在一个多月前，浙江杭州市一个小学四年级学生，从教学楼四楼一跃而下，身体和灵魂同

时落地。

看到这一新闻，我感到震惊、沉重。为什么要跳楼呢？媒体说，原因是多方面的，主要是学习负担太重、老师教学方法过于简单、学校管理不当，还有学生个人心理素质不高。

幸运的是，学生并没有生命危险。

这一事件带给我们的教训太深刻了，每个孩子都是天使，要善待他们。除了分数，还有爱、温暖、包容……

1月21日　星期四　阴

## 城里孩子学习压力大

一份调查显示，57.6%的城里孩子因学习压力大而苦恼。

联系自己的学习环境，我觉得至少有四种“压力山大”：第一种是课堂上

老师讲不透，同学们听不大懂、一知半解；第二种是作业太多，同学们有的做不完，挤占休息、甚至睡觉时间；第三种是考试太勤，有考试就有排名，有排名就有压力；第四种是比课堂发言次数，但发言机会不公平。

这些压力不仅不能换成动力，而且危害很大。压力大会引发焦虑症，会引发学习厌恶症，会引发身体不适。

这就是我今天的思考。

1月22日 星期五 晴

紧张的师生关系

《学记》曰:"亲其师,信其道",说明了良好的师生关系很重要。

今天,我查了一些资料,发现小学生对老师的依赖性很强。小学

生年龄小，思想单纯，老师的喜、怒、哀、乐时刻都在影响学生的身心发展、人格形成。

但是，城里的孩子说得最多的就是老师的罚站、罚抄、掐脖子、踢屁股、拍脑门……这些体罚、变相体罚严重影响了孩子的自信、自尊、自爱。

看到这些，我多么希望老师的心情永远开心！

1月23日　星期六　晴

冷漠症中的城市孩子

城市冷漠症比雾霾可怕一百倍，无声无息地"杀"害着城市孩子。

在学校里，同学之间交流不多，师生之间关爱不够，学生与学校"老死

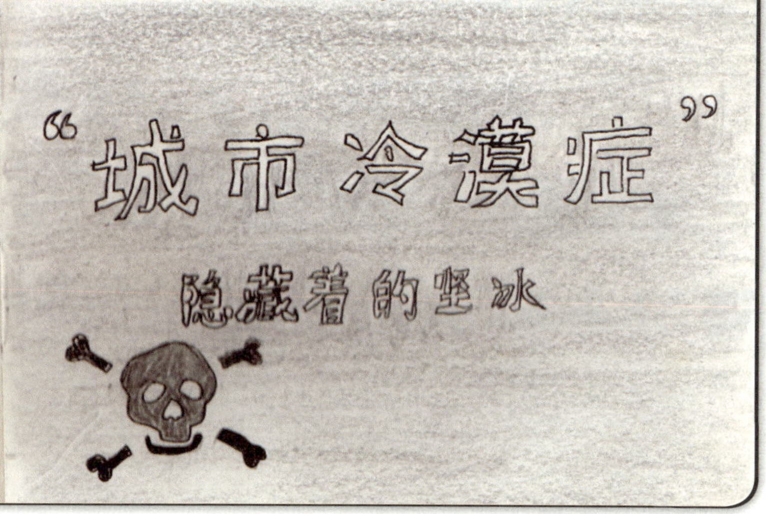

不相往来"；在社区里，家长告诫孩子"不要和陌生人说话"，楼房成了"囚笼"，距离渐渐产生冷漠。

今天我找的资料这么说：冷漠是城市的表情，人世失聪、社会失灵的产物。冷漠让城市孩子失去阳光、沉默不语，缺乏爱心、缺乏自信。

这几天，我的心情很沉重。

日记上写的事，仿佛就发生在自己周围

1月24日 星期日 晴

城里上学的好处

看了前几篇日记，写的都是关于城里学习的坏处。难道城里上学就没有好处吗？

我觉得，城里上学的好处有很多，要不然怎么会有那么多人挤破脑袋到城里上学呢？第一个好处就是城里的学校教育理念新，符合时代发展需要；另一个是城里信息量大，学习内容广；学习设施好，图书馆、科技馆博物馆多，这也是很重要的一条……

凡事都有两面性，城里上学这件事也不例外，既有好的也有坏的。这个世界真奇妙啊！

1月25日 星期一 晴

田园生活，田园学习

中国的乡村大多差不多，片田地一个村庄，一座房子 一个小院。大人们日出而作、日落而息，孩子们在这田园般的生活中诗意地学习。

七点一刻，睡眼朦胧的太阳公公懒洋洋地从东方升起，院子里香樟树上的小鸟唧唧喳喳叫个不停，金阳弟弟开始吃早餐。最多十分钟的步行，金阳弟弟准能在八点之前坐在教室里。乡村小朋友的学习和生活，都像金阳弟弟早晨那般悠哉悠哉。

乡村小朋友的心情，就像这里的空气那样清新、透明、放松。

1月26日 星期二 小雨

## 孩子们的热情好客

乡村是熟人社会，孩子们特别热情好客。

在乡村，好几个村庄分享同一个小学。同学们住的很近，相互都很了解，课上课下经常一起玩耍。大家一起做作业、打篮球、踢足球……

孩子们相互串门作客，都会拿出美味食物、好玩的玩具，以及交流时的意见和观点，从不吝啬，性情豪爽。在节日、生日的时候，小朋友会邀请大家一起聚会，一起开心。

热情好客有助于孩子们的学习交流、身心放松。

1月27日　星期三　小雨

## 嗅觉“嘉年华”

买菜是一件很放松、很有趣的事。今天，在跟随奶奶买菜的路上，我就像闻了一场嗅觉“嘉年华”。

在菜市场，弥漫着鱼腥味、烟酒味、熟食味；在水果摊，飘来阵阵草莓味、苹果味、香蕉味；在路上，扑鼻而来的是海鲜味、豆腐味。这些味道，可谓“鼻”不暇接。

回到家里，我带着小狗“灰灰”在院子里跑的时候，在厨房外闻到了美味的排骨味、青菜味。

食未进，味先闻。今天的嗅觉“嘉年华”真丰富啊！

1月28日 星期四 晴

## 捣麻糍

麻糍是把炊熟后的糯米反复"鼓捣"成舌尖上的美食，是温州老家的特产。

上午，我怀着兴奋的心情迫不及待地去观察捣麻糍，不知不觉就到了一个小房子。我看到机器替代了人力，一上一下地、有节奏地捣砸麻糍，石臼上的麻糍团一会儿圆一会儿扁，大师父时不时用手揉麻糍团，时不时用水抹石舂。捣的时间越长，麻糍就越粘、越有弹性。

神奇的捣麻糍，真是人与机器的“智慧大组合”啊！

1月29日　星期五　阴

## 包粽子

每年过年前包粽子，是南方老家的习俗。今天上午，奶奶、四伯母、吴阿姨和我在柴火厨房包粽子。

第一步，泡好糯米、小豆和蜜枣；第二步，煮好粽叶和粽子绳（棕榈树叶）；第三步，拿两片粽子叶，错开折叠成漏斗状；第四步，把糯米、小豆和蜜枣放进"漏斗"，用绳子系好；第五步，把粽子放进大铁锅，用大火煮数小时。出锅后的粽子，香甜美味。

C'est la vie。(这就是生活)

这就是乡村孩子的生活。

1月30日　　星期六　　雨

下棋

今天晚饭后，我和金阳弟弟下棋消食。

一开始，我认为水平比他高，有点骄傲，后来一招不慎，满盘皆输。第二、三、四盘，我吸取教训，步步为营，堵得他心慌意乱，最终让他败走麦城。

我觉得，下棋虽然只是生活中的小游戏，但是它告诉我们无论做什

么事都要认认真真 不要骄傲，真是

“小游戏，大智慧”啊！

1月31日　　星期日　　小雨

## 丰富的年货

腊月20，在家乡过年前第一个集市到来之际，我们就发动了"年货总动员"。

奶奶、吴阿姨和我这路人马赶集采购牛肉、猪肉、鸡鸭等肉类；三伯从温州买来松糕、甜点；四伯到海边码头买来带鱼、黄鱼、鲳鱼，各种虾等海鲜；二伯母送来豆糖、花生糖、瓜子等零食。

丰富的年货意味着浓浓的年味儿，我们买的不仅是年货，更是年味！

2月1日　星期一　雨夹雪

小狗"灰灰"

"灰灰"是一只很普通的小土狗，灰色但油亮的背部在土黄色的全身，显得格外注目，炯炯有神的眼睛随时保持警惕，一脸无辜的表情很讨人喜爱。

"来，灰灰"，是我常说的一句话。每当我吃完饭，端着骨头等剩菜剩饭去喂的时候，它总是围着我打转。

一有机会，我就带它绕着院子

跑步，有时它也会偷懒，蹲在原地不动，或者自己走了。

“灰灰”很听话、很有趣、很忠诚，我特别喜欢它！

2月2日　　星期二　　雪转晴

雪后登山（一）

昨夜的雪，让奶奶家后山犹如银装素裹的大狮子，我要来一场说爬就爬的登山。

连接山腰和山背的阶梯，就像画上去那么魔幻。阶梯扶手上的雪，就像穿上了一件雪白雪白的棉衣。雪片把蕨类压的直不起腰，蕨叶和白雪相互点缀，绿白相间，好看极了。

从半山腰往下看，家乡三面环山，大片土地的另一头连着东海之滨。这就是人杰、地灵的雁荡山。

2月3日 星期三 小雪转阴再转晴

## 雪后登山(二)

漫山遍野，映入眼帘的是生机勃勃的那抹绿，完全看不到北方冬天的枯木、秃山、苍凉。有着相同硬度的水泥台阶，似乎也变得柔软起来。

在几处陡峭的山坡上，我心惊胆颤、犹豫不前。四伯告诉我越害怕，你就越要尝试。只有那样才能真正锻炼自己。

四伯的话让我豁然开朗，抬头看到一轮金色阳光洒向山坡。

2月4日　星期四　晴

## 跳绳

跳绳既是一项很好的运动，又是这个寒假的作业。

跳大绳需要一个宽敞的场地，还需要人多，两个人摇绳、其它人分组跳；单人跳就简单多了，一根绳子和一块场地就够了；双人跳和单人跳差不多。跳绳是个技术活，不能跳太快，也不能跳太慢，不能跳太高也不能跳太低。一旦分神，快了、慢了、高了、低了，都会卡住、拌住。

这些天，从跳绳中我领悟到：无论哪种形式，人与绳都要合拍，始终要带着感觉跳。

2月5日　星期五　晴

## 鱼儿“总动员”

过年吃鱼是奶奶老家的习俗。也许北方的小朋友并不那么了解南方都有哪些鱼儿。

这几天我们准备的淡水鱼有鲫鱼、草鱼、鲤鱼等；海鱼有肉质鲜美的黄鱼，像平底锅那么大的“鲳鱼王”，又扁又长泛着银白色的肥带鱼，个头硕大的龙利鱼，全身布满褐色小斑点的老虎斑……

吃鱼能强身健体，又能让人变得聪明。同时，我觉得，杀鱼是一件很残忍、很血腥的事。

2月6日　　星期六　　晴

## 贴春联

贴春联是乡村过年的头等大事，孩子们都去帮忙。

中饭后，二伯、四伯拿着梯子、春联、浆糊和刷子，我抱着巨大灯笼，到大门口贴。大门有三米高，我怀着既兴奋又恐惧的心情上了长竹梯，一手抓住梯子，一手用刷子把浆糊刷到门柱上。二伯顺势把春联贴上去。我们用同样的方法，贴好了大门、后门和其它两座房子的春联。

贴上春联的门，洋溢着吉祥，呈现出一派红红火火的景象。

2月7日　星期日　晴

## 除夕日

今天是除夕日，明媚的阳光温暖了我的心窝。

收到奶奶和四位伯伯的压岁钱，让我开心了一整天。比压岁钱更温暖的年夜饭上，一桌大人、一桌孩子在团圆的气氛中谈到了春晚。每年的春晚都有人说好，有人说不好。我觉得今年的春晚很一般，歌舞偏多。春晚之后的关门炮精彩多姿，缤纷的色彩、魔幻的天空，为2015年划上了一个圆满的句号。

难忘的除夕，难忘的团圆，让我又大了一岁。

# 重与轻

# 抗日小英雄的正能量

2015年9月3日，北京迎来了举世瞩目的一天，习近平主席在天安门检阅了“纪念中国人民抗日战争暨世界反法西斯胜利70周年”大阅兵。我在青岛宫家村一处农家乐观看了阅兵式直播，体验和见证了点赞祖国强盛、激发爱国热情的伟大时刻。由阅兵式联想到的抗日故事特别是抗日小英雄事迹，更是让我心潮澎湃，赞叹不已。

爱国是抗日小英雄的首要特征。小兵张嘎、小英雄雨来、王二小、儿童团长海娃，之所以能够在日本侵略者杀光、烧光、抢光的恐怖政策下，毫不恐惧地面对刺刀、长枪、细菌、毒气等最为凶残的手段，主要原因就在于强大的内心、强大的爱国之情。这些小英雄在日本侵略者最为残忍的恐吓面前，没有妥协，没有出卖同志，不惜以生命为代价守护了秘密。爸爸告诉我，这就是信念的力量、信仰的力量、爱国的力量。听着爸爸沉重的语句，我的脑子里浮现出电影画面，年仅 13 岁的王二小，被日军用刺刀削去了右手的五个手指，最后壮烈牺牲。记得黄老师曾经说过，著名的淮海战役的胜利，是人民群众用小推车推出来的。我想说，抗日战争的胜利，是爱国的力量凝聚起来的。

智慧是抗日小英雄的共同特点。小兵张嘎智斗日本鬼子，偷偷地溜进鬼子司令部，看见有日本人要骑摩托车走，他就用钉子放了轮胎的气，把钉子放进鬼子的车座上，最终让日本鬼子翻车。小英雄雨来在日本鬼子枪响以前，就一头扎进河里，从水底游到远处，成功地活下来了。儿童团长海娃每天到龙门山上一边放羊，一边放哨。山顶上立着一棵假树，海娃就在这棵树旁边放羊。原来，这棵树是“消息树”，如果鬼子来了，就把这树放倒，村里人看到“消息树”倒下了，就知道是鬼子来了。王二小为了保卫转移躲藏的乡亲，把敌人带进八路军的埋伏圈。这些事迹，无不充满智慧，

歌颂
一种精神，穿越历史，辉映未来。
70年前，当中华民族最终夺取抗日战争胜利，血火淬炼的抗日精神，在历史的星空定格成永恒。
70年后，中国特色社会主义事业处乎又一个关键时期，伟大抗战精神昭告我们万众一心，艰苦奋斗，百折不挠，敢于胜利。在中国共产党的领导下中华民族不反能击败任何外来侵略，而且必须克服一切艰难险阻，实现民族的伟大复兴！
纪念抗战胜利
缅怀
刘胡兰
雨来
王二小
小兵张嘎
海娃
班级 三(3)

至今脍炙人口。

勇敢是抗日小英雄的根本品质。他们在残暴的敌人面前临危不惧，沉着应对。有的献出了年轻的生命，有的经受了死亡的威胁。小英雄雨来面临枪林弹雨，不幸跑到日本人的地盘，勇敢地与鬼子拼命，像粘上去一样咬鬼子、不松口。不论是头部鲜血直流，还是昏死过去，当他醒来以后，就朝鬼子兵咬去，咬得鬼子兵嗷嗷直叫。我感到，小英雄们的不畏强暴、血战到底的英雄气概和百折不挠、坚韧不拔、越挫越勇的必胜信念，反映出中华民族的伟大气节。

和爸爸一起梳理出来的这些事迹，使我有种朦朦胧胧的感受，就是日本鬼子太坏太残暴，小英雄身上散发的正能量，永远铭刻在那一段历史。爸爸说，自 1931 年 9 月 18 日以来，日本侵略者祸害的市（县）至少达 1 千多个。日本侵略者所到之处，烧杀抢掠，无恶不作，中华民族面临着生死存亡的严峻抉择。阅兵式已经过去了，但阅兵式激发和折射出来的爱国主义、中华民族在最危险时刻奏出的最强音、国家兴亡匹夫有责的时代精神，将永远留在我们的心头。

# 格林童话的辩证法

《格林童话》的作者，是生活在19世纪德国的格林兄弟。这哥俩在黑森、美茵河等地访问善于讲童话的人，收集流传于民间的童话故事，几年下来竟有200余篇。200多年过去了，这些通俗、质朴、纯真的故事，构筑了一个五彩斑斓、奇幻玄秘的童话之园，依然鲜活生动，陪伴一代又一代孩子，成为长大后萦绕心头的回忆。

伟大的著作，运用伟大的手法。《格林童话》体现的辩证法便是一个明证。作者总是把对立的两种关系进行比较，表达鲜明的态度和美好的愿望，揭示了简单的人生哲理和价值观念。

在正义与邪恶的辩证关系上，这部童话集用两类角色予以体现。一类是善的化身。诸如：裁缝、磨坊工、士兵、长工等。他们初遭不幸，几经周折，最后获得成功；另一类是恶的象征。诸如：巫婆、魔鬼、强盗、继母等。他们多是一时得逞，最后以失败而告终。比如，《神奇的粥锅》中那充满正义感的小姑娘，她的正义感不仅救了自己，还救活了全村的人。《三个小矮人》中那美丽而正义的小姑娘，继母每一次加害，都促成了小姑娘的命运，最终使她开口吐金子，并嫁给了国王。

在善良与凶残的辩证关系

上，这部童话集立场鲜明，扬善弃恶。它告诉我们，只有善良才是美的，外在的美并不是真实的，而内在的美才是最真实的。如果一个人的外表非常漂亮，但如果他的内心是肮脏的，那么，再美的外表仍然掩盖不了内心的丑陋。那就是一种恶。比如，《灰姑娘》中女主角的善良，与削足适履的恶姐姐形成鲜明对比，足以感动魔法教母、王子、

老国王，最终与王子成婚，过上幸福生活。又比如，《白雪公主》中那个凶残的王后，三番五次得想害死白雪公主，打扮成一个老太婆让白雪公主吃有毒的苹果，后来白雪公主被王子救活，并过上想要的生活。用中国道理讲，就是善有善报、恶有恶报。

在诚实与虚伪的辩证关系上，这部童话集也有不少角色典型。比如，《小红帽》中小红帽没听妈妈的话，不走大路而跑进森林，遇到了大灰狼，她回应了大灰狼的搭讪，告诉大灰狼外婆家的地址，结果害外婆被大灰狼吃掉；如果不是猎人及时出现，她自己也已是大灰狼的腹中餐。《青蛙王子》中小公主对青蛙撒谎，在青蛙帮她捡回金球后，没有兑现亲吻的诺言，国王对此教育了小公主。

勇敢与怯懦、智慧与愚蠢、灵魂与肉体……

在《格林童话》中，每一次阅读都有新的收获，每一个角色都有一面魔镜，每一个童话总是有阳光。不论每一个故事如何恐怖糟糕，结局总是美好的，而这将给孩子们巨大勇气面对未知的现实。这些童话将深刻地影响广大童心童脑。

# 拒绝瓷器娃娃

凡事都有两面，有阳必有阴，有好孩子必有瓷器娃娃。爸爸问我，什么是瓷器娃娃？我想了好半天，感觉瓷器娃娃是一种动不得、输不起、伤不起的病态。能想到的，主要有以下表现。

一是娇气。娇气的表现，在生活中很常见。当受到挫折后，瓷器娃娃将愤怒的情绪导向造成挫折的人或物，出现讥讽同学、谩骂老师、损坏公物等行为。比如，某同学从小是由奶奶带大的，老人家很宠孩子，所有的要求几乎都满足她，所以养成了任性、好强的习惯。有一次，她班上选学科代表，结果另一位同学当选了。她垂头丧气地回到家里，很生气地说："老师偏心，那个女生朗读根本没有我好，我以后再也不当那破干部了。"再比如，我们大多数小朋友都经历过的，下棋下输后，都愿意接着下，而不愿认输。甚至有的孩子达不到目的，大哭大闹。应该说，不认输、不服输，是不甘人后的表现，值得肯定。但是，如果过度纠缠于输赢，而忽略了下棋应有的娱乐、学习功能，就会掉进瓷器娃娃的泥沼。

二是自卑。这种倾向，大多数小朋友或多或少经历过。受挫后，由于缺乏自信而表现出“攻击无能，冷漠无用”的情绪状态。有的同学对挫折情境无动于衷，变得麻木不仁、不思进取、做一天和尚撞一天钟；还有的同学盲目重复某种行为，对老师的教导和同学们的劝告置之不理，一意孤行，固执己见。

三是极端行为。这是最可怕的，需要家长高度警惕和重视。有一个阿姨告诉我，她所带的班上有个男生特别调皮、好动，上课爱讲话，喜欢搞恶作剧，曾老师曾经耐心地教育过他，可作用不大。有一次，上课时，那位男生偷偷地用文具盒夹住前面女生的小辫子，女孩疼得大叫起来，老师狠狠地批评了那个男生，并让他向女同学道歉，结果他丝毫没有道歉的意思，只是倔强地看着老师。为了不影响上课，这件事暂时先搁置下来。没想到，第二天早上，那位男生的家长打来电话说，他从昨天晚上到今天早上赌气没吃一口饭，也不愿意来上学，希望老师能打电话劝导他。报纸上说，某大学一位女生因在一次联欢晚会上唱歌走了调，引起观众的哄笑，竟于当晚跳楼自杀！网上还有报道，某重点中学一位女生因为议论老师“长得肥”，受到批评，自杀未遂，导致终生残疾。

瓷器娃娃的种种表现，原因很多，但本质都是一样。随着社会的进步、经济的发展，孩子们现在的生活变得越来越优越。对孩子而言，优越是把双刃剑。恰恰是这些优越的条件，在造福孩子的同时，也给孩子带来不利的影响。如果运用不当，很可能会产生大批瓷器娃娃。

有的家长觉得孩子还小，很多事情都是要亲力亲为、替代包办。比如喂饭、系鞋带、整理玩具等。另外一些家长则给太多的任务，如：报名幼儿舞蹈、英语补习班、奥数等。包办代替的童年，难以让孩子适应复杂的社会生活，甚至会导致抑郁、厌世等不良心理，毫无波折的童年很可能为成长埋下“祸根”。

有的家长没有认真对待孩子，态度极不严肃。比如，屡见不鲜的“怎么这样笨？”“怎么这样迟钝！”等嘲讽话语，严重打击幼小的心灵。“真厉害，妈妈都搭不好的积木，宝宝居然能做到！”“马上把这首诗歌背下来”等不符合实际的言语，会使孩子产生深深的挫折感，从而产

生自卑。

爸爸告诉我：哲学家叔本华说过："逆来顺受是人生的必修课"；诗人惠特曼也说过："让我们学着象树木一

样顺其自然，面对黑暗、风暴、饥饿、意外与挫折”。既然挫折是一生必经的一道坎，我们必须明白“挫折是人生最好的老师”，必须在挫折中成长。

有一个故事是这样说的：一只蝴蝶幼虫的茧上裂开了一个小口。有一个人正好看到这一幕：蝴蝶在艰难地将身体从那个小口中一点点地挣扎出来。可是，几个小时过去了，蝴蝶似乎没有任何进展。看样子它似乎已经竭尽全力，不能再前进一步了。这个人看得实在有些心疼，决定帮助一下蝴蝶。他取来一把剪刀，小心翼翼地将茧破开，蝴蝶

很容易地挣脱了出来。但它可怜的身体萎缩着，翅膀也紧贴着身体。他满怀希冀，期待着在某一时刻，蝴蝶的翅膀会打开并伸展起来，足以支撑它的身体，成为一只健康美丽的蝴蝶。然而，这一刻始终没有出现。实际上，这只蝴蝶在余下的时间都在用它可怜的萎缩着的身子和瘪塌的翅膀在爬行，它永远也没能飞起来。好心人并不知道，蝴蝶只有通过痛苦挣扎的过程，将体液从身体挤压到翅膀，它才能在艰难的破茧而出后展翅飞翔。

我想说的是，家长们要摆正态度，该放手时就放手。每一个孩子都需要经受挫折，每一次挫折都是孩子成长的机会。只有这样，孩子才能在将来的人生道路上越走越远。

# 让宪法之光照耀成长道路

## ——写在第二个国家宪法日之际

宪法既不神秘，更不遥远，宪法就在身边。记得还没上小学，就会唱《我爱北京天安门》，天安门城楼在心中无比神圣；刚上小学时，反复哼唱《义勇军进行曲》，每周一次升国旗、奏国歌，一听到国歌，学校要求在任何地方都得就地立正并敬礼；几年来，参加过班级各种投票选举，听过小学低年级是否开设英语课的各种争论，也看过老师掐同学脖子等各种体罚……这些事，与宪法都密切相关。

设立国家宪法日，是一件激动人心的大事。在去年首个国家宪法日，习主席还专门指示，要求更好发挥宪法在全面建成小康社会、全面深化改革、全面推进依法治国中

中华人民共和国
宪法
法律出版社

12月4日
国家宪法日
弘扬宪法精神 12月4日 建设法治中国

雁蕩秋色

的重大作用。一年过去了，宪法走进了校园、走进了小学。从娃娃开始学宪法，可以在幼小的心灵播下宪法种子，让抽象的宪法融入孩子们心灵，落地生根、开花结果，生长出一代人对宪法和法律的信仰。

小学生应该怎样学习宪法呢？晨读朗诵、专题板报、主题班会、知识竞赛，这些形式比较常见，也很有效果；也可以通过各种参观、纪念活动，让孩子们亲身触摸宪法、感悟宪法，打开宪法走进孩子学习生活的一扇窗户，让静止的条文灵动起来，让抽象的含义具象起来，真正让孩子心领神会；还可以打开历史这盏“探照灯”，把宪法的内容与历史联系起来，用故事去演绎条文，讲背景、说进步、谈体会、比古今，真正把宪法铭刻在孩子们的内心。

# 堂吉诃德的梦想与现实

## ——读《堂吉诃德》有感

《小毛驴之歌》作者西梅内斯的老乡塞万提斯是西班牙文学世界里最伟大的作家，写了一本杰出的作品《堂吉诃德》。这本书有42章，揭露当时西班牙社会的黑暗和人民的贫困。这本书很难懂，我反复阅读，感觉堂吉诃德既可悲、可笑，又可敬。

可悲是因为他梦在醒中、醒在梦中。堂吉诃德因为读了骑士小说，把骑士小说描写的时代当成现实生活，把自己当作骑士，最终成了一个偏执狂。堂吉诃德认为，过去是美好的，因为有骑士、公主、骏马和恶龙；但现实是黯淡的，只有乡绅、村姑、骡子和绵羊。用现在流行的网络语言说，就是“理想很丰满，现实很残酷”。不合时宜的堂吉诃德，可悲之处不仅在于，变卖田产去当骑士，更在于把风车当巨人、把绵羊群当军队，最终害死自己。

可笑是因为他的精神分裂。作者通过堂吉诃德和桑丘主仆两人的对比，用真实与虚幻、勇敢与胆怯、诚实与虚伪等手段，制造强烈的荒唐、滑稽效果。比如，堂吉诃德

奇瘦无比的罗西南尔与桑丘的毛驴，堂吉诃德崇高的理想、神智颠倒与桑丘短浅的目光、现实理智，一智一愚的矛盾把故事情节从高潮推向高潮。

可敬是因为他的勇敢和执着。在“究竟该让岁月在无尽的幻想中悄然流逝，还是该刻下万世流芳的战绩”这个问题上，堂吉诃德选择了后者，并从头到尾从未妥协。这种孜孜不倦，历万难而不诲、坚持不懈地去实现自己所抱定理想的执着精神，在任何时代都不会过时。书中堂吉诃德敢于向狮子挑战的勇气、敢于在众人讥讽中坚持信念，始终值得我们学习。看看身边的同学和家长，有多少人能够坚定自己的理想，有多少人能够坚持自我，有多少人能够微笑面对挫折。那些人云亦云、随波逐流、稍挫即退的同学和家长，真的应该向堂吉诃德学习。

# 哲学的启蒙学习

什么是哲学？是长角的恶魔呢，还是各种晦涩深奥的公式？我在《你好！哲学》这套书里找到了答案。其实，哲学很简单，体现在生活中的点点滴滴。哲学就是生活。

书中那些娓娓道来的精彩故事，每一个都充满智慧。告诉我们什么是机灵、什么是愚钝，什么是正义、什么是邪恶，让我们学会认识自己，探索宇宙，思考人生。

比如，犹太民间传说《幽灵岛上的阿里尔》，讲得很有意思。阿里尔是个水手，一次海难后漂到幽灵岛，幽灵让阿里尔当岛王，一年后他会被放逐去无人岛。在这中间，阿里尔偷偷去了一趟无人岛，侦察地形，渐渐修筑房子、存储淡水、种上庄稼，一年之后他被放逐去无人岛，轻松地在那里生活。阿里尔不仅拯救了自己，还救了后来被放逐的人。这个故事，和我们古代“凡事预则立，不预则废”“居安思危”的道理相通。

再比如，希腊神话《驾太阳马车的法厄同》小主人公，对人夸耀自己是太阳神的儿子，别人不信。他要求驾驶父亲的太阳车一天，从东方天边日出处到西方日落处。太阳神百般劝解说你没有这个能力，这样反会给自身和人类带来祸害。法厄同不听。结果到了那天，他慌乱中失去了对拉车白马的控制。太阳车先是升得太高，

没有礼貌的小猪
你好哲学
跟风车打架的
吉诃德
互相欺骗的兔子和乌龟
一个人需要多少土地

大地骤然变冷；然后又突然降低，烧焦了地上的草木，非洲的大片地方变为沙漠，把埃塞俄比亚居民的皮肤烧黑。最后，宙斯不得不亲自动手，用闪电把法厄同击死。这个故事告诉我们，要信任他人，更要量力而行，凡事都不能越界。上帝要叫谁灭亡，必先叫他疯狂，这就是对法厄同行为的真切表述。

这套书里还有：百战不殆但却因为控制不住自己情绪而倒下的战神阿喀琉斯；不在乎失明不在乎寒冬，一心想要帮助人们的快乐王子和燕子；探究什么是真正幸福的亚里士多德；为了友情不惜付出生命代价的安东尼奥和狡诈的奸商夏洛克……这些故事，让我学会爱、分享、勇敢、智慧等，对于解答我对奇幻世界的好奇、生活中的困惑，有很大的启发意义。

# 告诉家长怎样培养孩子

## ——我为什么要写《旅行与成长》

《旅行与成长》已经出版 1 年了。那是一本用旅行去感悟成长的作文集，用我稚嫩的小手，一笔一画写到方格子上，仿佛要证明什么似的。交完《阅读与成长》书稿后，再来看《旅行与成长》，心里头起了那么一点点小涟漪。

爸爸告诉我，出版《旅行与成长》，只是个偶然，只是个行动的结果，最初的设想并没有那么宏伟。写完几篇游记后，我向爸爸提出想要编集出版的想法。这着实惊呆了我身边这个“大伙伴”。爸爸怀疑我有没有那份毅力，能不能坚持写下去，甚至怀疑有没有意义。说老实话，恰恰是爸爸的怀疑，让我坚定了决心，最终把几十篇铅笔字书稿交给爸爸。

在书写这些游记的过程中，我直观地感到旅行是一种成长，旅行中最靓丽的风景便是成长。爸爸说，“读万卷书，行万里路”，定义了教育的完美形态，激励了多少代志士仁人对知行合一的不懈追求。后来看到影片《罗马假日》有这样的表达——“要么旅行，要么读书，身体和灵魂总有一个在路上”。我觉得，“所有的成长，到最后总是一次旅行”；旅行中，身体和灵魂同时在路上。这就是书写的初衷。

《旅行与成长》的基本定位，是把成长作为主题。成长，是人类教育的永恒主题。旅行，架起我们与世界的桥梁。我在后记中这样写：“这个年纪，面对一个陌生的世界，需要发现自己的热爱，串起延绵于身后的世界图景。”确实，“每去一个地方，都有收获和历练。每一次收获和历练，都带来一次成长”“旅行的体验，是心灵与世界的一次次沟通”。童年，是人生中最柔软的岁月，是我们成长轨道中最重要的节点。我力图以文字和照片表达出成长的主题，是取消了个体标签化、符号化的成长。把这种从童年的视角折射出的人性和情怀，成为大家在旅行中成长的一个事例。

《旅行与成长》的基本特色，是把教育融入旅行。通过查阅资料，了解到无论是我国西周时期提倡的“六艺”教育，还是古希腊亚里士多德提倡的“博雅”教育，都注重教育的整体性和全面性。旅行的本质，在于教育。旅行，是破除教育功能单一化、教育目的功利化的最佳载体。旅行，不仅能够把我从名目繁多的辅导班、兴趣班以及课堂的死记硬背中解放出来，还可以锻炼我的意志、端正我的品格。正如我在书中写的“走在海边，感到心灵的舒展。没有作业、没有唠叨、没有负担”，“大自然的奇妙景观，给了我美的陶冶，也给了我智慧的启迪”。

《旅行与成长》的启迪，在于让旅行与成长充满正能量。言语是思想的仆人。我试图用言语体现正能量，用正能量贯穿全书。比如，“什么时候我们的文化，也能够走向世界、输出国外”、“等祖国完全统一后，一定到台湾看看”，背后的爱国之情，溢于言表。比如：“消逝的过去，总是那么匆匆。流淌的现在，一晃就是未来”，“扬帆成就梦想。

# 奖状

詹嘉令 同学：

在 三 年级“识字写字”专项学习中表现优

## 识字大王称号

获得期末免考。特发此状，以资鼓励。

要达到精彩彼岸，就要有付出、有担当”，“坚持了小一年，一笔一划都写到方格子上，手指都长出了老茧”。将旅行、教育及成长有机统一起来，发现美、传播爱，让旅行与成长充满正能量，是我最想通过本书表达的寓意。

这些年，无论是报刊的报道、分析和讨论，还是其他同学家长的抱怨，或者是爸爸的唠叨，反映出一个共同的诉求：就是小学作业太多，小学生及其家长负担太重。有的甚至认为小学教育充斥“填鸭式灌输”、“德育教育出现真空”，有的指出小学生“眼高手低、高分低能”、“身体瘦弱、单薄难支”司空见惯，有的担忧“如何培养孩子”“如何不让孩子输在起跑线”。正是在这样的背景下，我思考如何为广大家长培养孩子提供了另一种可能，用亲子教育、家庭教育、素质教育为载体，开阔家长和老师的视野，让孩子们少受罪，让家长们少担心。这就是书写本书的全部目的。

# 用爱心擦亮童年

## ——我的新年感想

当新年的钟声再次敲开历史的大门，我们学校的围墙、操场、教室、过道焕然一新，辞旧迎新活动正向我们徐徐展开。二年级的新鲜感、荣誉感、责任感以及三年级的紧张、劳累甚至厌学情绪，这些成长的烦恼，就像天空中的浮云，遥远而清晰，仿佛镶嵌在校园中那一串串脚印。

这一年，我通过阅读凝聚爱心。童真岁月要串起绵延于身后的世界图景和大爱小爱，需要用阅读去编织、去照亮、去记录。书中既有丑小鸭的艰难险境、卖火柴小女孩的悲惨命运，也有智慧勇敢的帕丁顿熊、灰姑娘和狡猾的列那狐……凝聚爱心，需要插上“阅读的翅膀”，让阅读成为聚爱的美丽姿态。

这一年，我通过活

2016

文明礼仪伴我行
文明是一朵花
礼仪是一首诗
三字歌
对老师，有礼貌。
点儿歌
作业写得工整点儿。
帮助同学热心点儿，
同学之间友爱点儿。
（论语）

动践行爱心。还记得大草原辉苏木孩子们的脸上，总是绽放着纯净的笑容，绽放着对幸福生活的向往。老师说，这种力量能够让人泪流满面。爱心彩虹门活动，让我触碰到孩子们最珍贵的东西，那就是他们的梦想。每一个梦想，都值得灌溉，值得守候。践行爱心，需要从我做起，用爱传递爱，让全社会充满爱，不能让贫瘠土地枯萎孩子们的笑容。

这一年，我通过信心成就爱心。信心是打开爱心之门的钥匙。校园里洋溢着勃勃生机那一抹绿，不仅是这一年的见证，也是信心与爱的象征。从课堂上的汇报、发言、领读以及老师和同学的赞许，到数学、语文、英语作业本上的"A⁺""优☆""A☆""优⁺"以及因此发放的小附巾，收获满满的信心与爱。当然，试错、犯错同样带来信心。“成长是不断试错的过程”，经常萦绕在耳边。成就爱心，需要用信心擦亮天空，让春天的气息携带着信心，从残雪消融中破土而出，带来爱的讯息。

2015年的甜蜜幸福和挫折酸楚，统统都过去了，让我们用爱心去擦亮2016年，迎接新的阳光雨露。

日 一 二 三 四 五 六
日 一 二 三 四 五 六

乡村一天
上午
起床:7:30
早饭8:00～8:30
买菜:9:00～10:00
农活:10:00～11:30
中饭:12:00～12:30
下午
晒太阳:12:30～13:30
做游戏:13:30～15:00
写书法:15:00～16:00
阅读:16:00～17:30
晚上
晚饭:18:00～18:30
聊天:18:30～20:00
上床:20:00～20:30

文明礼仪伴我行
文明之歌
文明是一朵花，
一点儿歌
作业写得工整点儿，
帮助同学热心点儿，
同学之间友爱点儿。
三字歌
对老师，有礼貌。

七彩寒假
备注:
体验乡村
快乐阅读
完成作业
拜新年
寒假总结

# 后记

当紧张而恐惧、乏味又无趣的期末考试结束的时候，这本小册子也即将有了自己的生命。除了些许骄傲、自豪，我的心中如释重负。

说到负担，就像打开了我的话匣子。数学老师的喜怒无常、语文知识的博大精深、英语课的死记硬背，还有那“吓死宝宝”的游泳课……确实，这学期最后两周的罚站、点名批评，

以及背后的老师偏见、
简单和粗暴，让我备受
打击，“压力山大”。
这些经历和情绪，
相信小朋友们并不陌
生。尽管如此，阅读还
是带给我很多快乐，
锻炼了我意志。可以说，
“学校多少事，都付笑
谈中”“问君何能尔？名
淡心自远”。
在小雨淋湿奶奶家
庭院那块菜地、淋湿整
个下午的那个晚上，看
到微信班级群上同学们

和他们家长对“调换班主任”态度的分歧，看到学校的决心。这是郑校长向体罚、变相体罚的当头一棒，也是“阅读与成长”的重要一课。

都说三年级很重要，同学们的学习意识从自发变为自觉。对我来说，感受最深的就是爱。无论学校的仁爱、同学们的兼爱，还是父母的慈爱，都是“阅读与成长”的源泉。这也是写下一本《爱与成长》的原因。

嘉会于雁荡山

**图书在版编目（CIP）数据**

阅读与成长 / 詹嘉会著.
北京：新华出版社，2016.4

ISBN 978-7-5166-2509-5

Ⅰ. ①阅… Ⅱ. ①詹… Ⅲ. ①日记－作品集－中国－当代 ②随笔－作品集－中国－当代 Ⅳ. ①I267

中国版本图书馆CIP数据核字（2016）第096556号

**阅读与成长**

**作　　者：**詹嘉会

**责任编辑：**张　程　雒　悦　　**责任印制：**廖成华
**封面设计：**臻美书装

**出版发行：**新华出版社
**地　　址：**北京石景山区京原路8号　　**邮　　编：**100040
**网　　址：**http://www.xinhuapub.com　http://press.xinhuanet.com
**经　　销：**新华书店
**购书热线：**010－63077122　　**中国新闻书店购书热线：**010－63072012

**照　　排：**臻美书装
**印　　刷：**北京凯达印务有限公司

**成品尺寸：**160mm×210mm　1/24
**印　　张：**11.25　　**字　　数：**200千字
**版　　次：**2016年6月第一版　　**印　　次：**2016年6月第一次印刷

**书　　号：**ISBN　978-7-5166-2509-5
**定　　价：**49.80元

图书如有印装问题请与出版社联系调换：010-63077101